名人与生活文丛

王干 主编

仁山静水

文化名家在旅途

朱自清等/著　陈武/选编

广陵书社

图书在版编目（CIP）数据

仁山静水 : 文化名家在旅途 / 朱自清等著 ; 陈武选编. -- 扬州 : 广陵书社, 2017.8（2020.1 重印）
（名人与生活文丛 / 王干主编）
ISBN 978-7-5554-0848-2

Ⅰ. ①仁… Ⅱ. ①朱… ②陈… Ⅲ. ①游记－作品集－中国－现代 Ⅳ. ①I266.4

中国版本图书馆CIP数据核字(2017)第220811号

书　　名　仁山静水：文化名家在旅途
著　　者　朱自清等著　陈武选编
责任编辑　王志娟　李　佩
出 版 人　曾学文

出版发行　广陵书社
扬州市维扬路 349 号　　邮编　225009
http://www.yzglpub.com　　E-mail:yzglss@163.com
印　　刷　三河市华东印刷有限公司

开　　本　880 毫米 ×1230 毫米　1/32
印　　张　7
字　　数　140 千字
版　　次　2017 年 8 月第 1 版
印　　次　2020 年 1 月第 2 次印刷
标准书号　ISBN 978-7-5554-0848-2
定　　价　39.80 元

前　言

游记者，游历的记录也。

所谓读万卷书，不如行千里路，这说法或许有些绝对，但是道理还是有的。

人们生活压力大，旅行时，一切生活的担子皆抛之脑后，并且去的是个全新的地方，彻底离开原来的生活及环境，精神可得彻底的放松。

旅行虽累，但触目皆是新鲜，看风景，赏民俗，听故事，平添无穷的幸福和快乐。

旅行时，我们可以亲眼看到美丽的自然、人文景观，了解当地的气候、风俗、宗教，听到当地的传说、典故。

一切感受、见闻都是新的，一次旅行，就是一次知识的积累，一次视野的开拓。旅行时常常结识新的朋友，若志趣相投则极易成为终生好友，即便旅行结束因距离太远而没有来往，也是一段美好的回忆。

旅行之乐趣，实在美好。

但是多数人的生活，在多数时间，是待在一个较小的范围内的，或一个城市，或一个乡镇。我们没有时间和精力出外游历，去那些不曾去过的地方，去领略那些从未见过的美丽。还好有游记，游记帮我们解决了，至少部分解决了这个问题，我们可以通过游记，迅速了解某处的风土人情。

这样看来，颇有望着画儿解干瘾的意思，实在有些郁闷。但是，换个角度想想，或许我们能从名家游记中，看到一些只有作者本人才能注意到的一些不一样的东西呢。

何况世上精彩的地方那么多，我们又哪能一一都去领略一番呢，看看游记吧，或许看到哪个地方让你特别有兴趣，抽个时间，邀上一二好友，或者带上身边最重要的人，去一趟吧。

本书精选近现代文人大家游记 34 篇，请君过目。

目录

陶然亭的雪

□ 俞平伯

悄然的北风，黯然的同云，炉火不温了，灯还没有上呢。这又是一年的冬天。在海滨草草营巢，暂止飘零的我，似乎不必再学黄叶们故意沙沙的作成那繁响了。老实说，近来时序的迁流，无非逼我换了几回衣裳；把夹衣叠起，把棉衣抖开，这就是秋尽冬来的惟一大事。至于秋之为秋，冬之为冬，我之为我，一切之为一切，固依然自若，并无可叹可悲可怜可喜的意味，而且连那些意味的残痕也觉无从觅哩。千条万派活跃的流泉似全然消释于无何有之乡土，剩下“漠然”这么一味来相伴了。看看窗外酿雪的同云，倒活画出我那潦倒的影儿一个。像这样喑哑无声的蠢然一物，除血脉呼吸的轻颤以外，安息在冬天的晚上，真真再好没有了。有人说，这不是静止——静止是没有的——是均衡的动，如两匹马以同速同向去跑着，即不异于比肩站着的石马。但这些问题虽另有人耐烦去想，而我则岂其人呢。所以于我顶顶合式，莫如学那冬晚的停云。（你听见它说过话吗）无如编辑《星海》的朋友们逼我饶舌。我将怎样呢——有了！在“悄然的北风，黯然的同云，炉火不温了，灯还没有上呢”这个光景下，令我追忆昔年北京陶然亭之雪。

我虽生长于江南，而自曾北去以后，对于第二故乡的北京也真不能无所恋恋了。尤其是在那样一个冬晚，有银花纸糊裱的顶棚和新衣裳一样綷縩的纸窗，一半已烬一半还红着，可以照人须眉的泥炉火，还有墙外边三两声的担子吆喝。因房这样矮而洁，窗这样低而明，越显出天上的同云格外的沉凝欲堕，酿雪的意思格外浓鲜而成熟了。我房中照例上灯独迟些，对面或侧面的火光常浅浅耀在我的窗纸上，似比月色还多了些静穆，还多了些凄清。当我听见廓落的院子里有脚步声，一会儿必要跟着“砰”关风门了，或者“砬搭”下帘子了。我便料到必有寒紧的风在走道的人颈傍拂着，所以他要那样匆匆的走。如此，类乎此的黯淡的寒姿，在我忆中至少可以匹敌江南春与秋的姝丽了，至少也可以使惯住江南的朋友们了解一点名说苦寒的北方，也有足以系人思念的冬之黄昏啊。有人说，“这岂不将钩惹我们的迟暮之感？”真的！——可是，咱们谁又是专喝蜜水的人呢。

总是冬天罢，（谁要你说）年月日是忘怀了。读者们想决不屑介意于此琐琐的，所以忘怀倒也没要紧。那天是雪后的下午。我其时住在东华门侧一条曲折的小胡同里，而G君所居更偏东一些。我们雇了两辆“胶皮”，向着陶然亭去，但车只雇到前门外大外郎营。（从东城至陶然亭路很远，冒雪雇车很不便。）车轮咯咯吱吱的切碾着白雪，留下凹纹的平行线，我们遂由南池子而天安门东，渐逼近车马纷填，兀然在目的前门了。街衢上已是一半儿泥泞，一半儿雪了。幸而北风还时时吹下一阵雪珠，蒙络那一切，正如疏朗冥濛的银雾。亦幸而雪在北京，似乎是白面捏的，又似乎是白泥塑的。（往往到初春时，人家庭院里还堆着与土同色的雪，结果是成筐的挑了出去完事。）若移在江南，檐漏的滴搭，不终朝而消尽了。

言归正传。我们下了车，踏着雪，穿粉房琉璃街而南，炫眼的雪光愈白，栉比的人家渐寥落了。不久就远远望见清旷莹明的原野，这正是在城圈里耽腻了的我们所期待的。累累的荒冢，白着头的，地名叫做窑台。我不禁连想那“会向瑶台月下逢”（唐李白《清平调》中语）的所谓瑶台。这本是比拟不伦，但我总不住的那么想。

那时江亭之北似尚未有通衢。我们踯躅于白蓑衣广覆着的田野之间，望望这里，望望那里，都很像江亭似的。商量着，偏西南方较高大的屋，或者就是了。但为什么不见一个亭子呢？藏在里边罢？

到拾级而登时，已确信所测不误了。然踏穿了内外竟不见有什么亭子。幸而上面挂着的一方匾；否则那天到的是不是陶然亭，若至今还是疑问，岂非是个笑话。江亭无亭，这样的名实乖违，总使我们怅然若失。我来时是这样预期的，一座四望极目的危亭，无碍无遮，在雪海中沐浴而嬉，宛如回旋的灯塔在银涛万沸之中，浅礁之上，亭亭矗立一般。而今竟只见拙钝的几间老屋，为城圈之中以习见而不一见的，则已往的名流觞咏，想起来真不免黯然寡色了。

然其时雪又纷纷扬扬而下来，跳舞在灰空里的雪羽，任意地飞集到我们的粗呢氅衣上。趁它们未及融为明珠的时候，我即用手那么一拍，大半掉在地上，小半已渗进衣襟去。“下马先寻题壁字”（宋周邦彦《清真集》中《浣溪沙》句），来来回回的循墙而走，咱们也大有古人之风呢。看看咱们能拾得什么？至少也当有如“白丁香折玉亭亭”（我父亲从前在陶然亭见的雪珊女史的题壁诗：“柳色随山上鬓青，白丁香折玉亭亭。天涯写遍题墙字，只怕流莺不解听。”）一样的句子被传诵着罢。然而竟终于不见！可证“一蟹不如一蟹”这句老话真是有一点意思的。后来幸而觅得略可解嘲的断句，所谓“卅年戎马尽秋尘”者，从此就在咱们嘴里咕噜着了。

在曲折廓落的游廊间，当北风卷雪渺无片响的时分，忽近处递来琅琅的书声。谛听，分明得很，是小孩子的。它对于我们十分亲密，因为和从前我们在书屋里所唱出的正是一个样子的。这尽可以使我重温热久未曾尝的儿时的甜酒，使我俯拾眠歌声里的温馨梦痕，并可以减轻北风的尖冷，抚慰素雪的飘零。换一句干脆点的话，就是在清冷双绝的况味中，它恰好给喝了一点热热酽酽的东西，使一切已凝的，一切凝着的，一切将凝的，都软洋洋弹着腰肢不自支持了。

书声还正琅琅然呢。我们寻诗的闲趣被窥人的热念给岔开了。从回廊下踅过去，两明一暗的三间屋，玻璃窗上帷子亦未下。天色其时尚未近黄昏，惟云天密吻，酿雪意的浓酣，阡陌明胸，积雪痕的寒皎，似乎全与迟暮合缘，催着黄昏快些来罢。至屋内的陈设，人物的须眉，已尽随年月日时的迁移，送进茫茫昧昧的乡土，在此也只好从缺。几个较鲜明的印象，尚可片片掇拾以告诸君的，是厚的棉门帘一个；肥短的旱烟袋一支；老黄色的《孟子》一册，上有银朱圈点，正翻到《离娄》篇首；照例还有白灰泥炉一个，高高的火苗窜着；以外……“算了罢，你不要在这儿写账哟！”

游览必终之以大嚼，是我们的惯例，这里边好像有鬼催着似的。我曾和我姊姊说过：“咱们以后不用说逛什么地方，老实说吃什么地方好了。”她虽付之一笑，却不斥我为胡闹，可见中非无故了。我且曾以之问过吾师。吾师说得尤妙，“好吃是文人的天性”，这更令我不便追问下去。因为既曰天性，已是第一因了。还要求它的因，似乎不很知趣。如理化学家说到电子，心理学家说到本能，生机哲学者说到什么“隐得而希”……

闲言少表。天性既不许有例外，谈到白雪，自然会归到一条条的白面上去。不过这种说法是很辱没胜地的，且有点文不对题。所以在江亭中吃的素面，只好割爱不谈。我只记得青汪汪的一炉火，温煦最先散在人的双颊上。那户外的尖风呜呜的独自去响，倚着北窗，恰好鸟瞰那南郊的旷莽积雪。玻璃上偶沾了几片鹅毛碎雪，更显得它的莹明不滓。雪固白得可爱，但它干净得尤好。酿雪的云，融雪的泥，各有各的意思；但总不如一半留着的雪痕，一半飘着的雪花，上上下下，迷眩难分的尤为美满。脚步声听不到，门帘也不动，屋里没有第三个人。我们手都插在衣袋里，悄对着那排向北的窗。窗外的几方妙绝的素雪装成的册页。累累的坟，弯弯的路，枝枝桠桠的树，高高低低的屋顶，都秃着白头，耸着白肩膀，危立在卷雪的北风之中。上边不见一只鸟儿展着翅，下边不见一条虫儿蠢然的动（或者要归功于我的近视眼），不用提路上的行人，更不用提马足车尘了。惟有背后已热的瓶笙吱吱的响，是为静之独一异品；然依昔人所谓“蝉噪林逾静”（北齐《颜氏家训》引梁王籍《入若耶溪》诗：“蝉噪林逾静，鸟鸣山更幽。”又宋辛弃疾《稼轩词》中《祝英台近·序》中也有这一段故事。）的静这种诠释，它虽努力思与岑寂绝缘终久是失败的哟。死样的寂每每促生胎动的潜能，惟万寂之中留下一分两分的喧哗，使就烬的赤灰不致以内炎而重生烟焰；故未全枯寂的外缘正能孕育着止水一泓似的心境。这也无烦高谈妙谛，只当咱们清眠不熟的时光便可以稍稍体验这番悬谈了。闲闲的意想，乍生乍灭，如行云流水一般的不关痛痒，比强制吾心，一念不着的滋味如何？这想必有人能辨别的。

炉火使我们的颊热，素面使我们的胃饱，飘零的暮雪使我们的心越过越黯淡。我们到底不得不出于一走，到底不得不面迎着雪，脚踹着雪，齐向北快快的走。离亭数十步外有一土坡，上开着一家油厂；厂右有小小的断坟并立。从坟头的小碣，知道一个葬的是鹦鹉；一个名为香冢，想又是美人黄土那类把戏了。只是一件，油厂有狗，喜拦门乱吠。G君是怕狗的；因怕它咬，并怕那未必就吠的狗。而我又是怯登土坡的，雪覆着的坡子滑滑的难走，更有点望之生畏。故我们商量商量，还是别去为妙。

我们绕坡北去时，G君抬头而望（我记得其时狗没有吠）对我说，来年春归时，种些红杜鹃花在上面。我点点头。路上还商量着买杜鹃花的价钱。……现在呢，然而现在呢？我惆怅着夙愿的虚设。区区的愿原不妨孤负；然区区的愿亦未免孤负，则以外的岂不又可知了。——北京冬间早又见了三两寸的雪，而上海至今只是黯然的同云，说是酿雪，说是酿雪，而终于不来。这令我由不得追忆那年江亭玩雪的故事。

一九二四年一月十二日。

西湖的六月十八夜

□ 俞平伯

我写我的“中夏夜梦”罢。有些踪迹是事后追寻，恍如梦寐，这是习见不鲜的；有些，简直当前就是不多不少的一个梦，那更不用提什么忆了。这儿所写的正是佳例之一。

在杭州住着的，都该记得阴历六月十八这一个节日罢。它比什么寒食，上巳，重九……都强，在西湖上可以看见。

杭州人士向来是那么寒乞相的；(不要见气，我不算例外。)惟有当六月十八的晚上，他们的发狂倒很像有点彻底的。(这是鲁迅君赞美蚊子的说法。)这真是佛力庇护——虽然那时班禅还没有去。

说杭州是佛地，如其是有佛的话，我不否认它配有这称号。

即此地所说的六月十八，其实也是个佛节日。观世音菩萨的生日听说在六月十九，这句话从来远矣，是千真万确的了，而十八正是它的前夜。

三天竺和灵隐本来是江南的圣地，何况又恭逢这位“大慈大悲救苦救难观世音菩萨”的芳诞，——又用靓丽的字样了，死罪，死罪！——自然在进香者的心中，香烧得早，便越恭敬，得福越多，这所谓“烧头香”。他们默认以下的方式：得福的多少以烧香的早晚为正比例，得福不嫌多，故烧香不怕早。一来二去，越提越早，反而晚了。（您说这多么费解）于是便宜了六月十八的一夜。

不知是谁的诗我忘怀了，只记得一句，可以想像从前西子湖的光景，这是“三面云山一面城”。现在打桨于湖上的，却永无缘拜识了。云山是依然，但濒湖女墙的影子哪里去了？

我们凝视东方，在白日只是成列的市廛，在黄昏只是星星的灯火，虽亦不见得丑劣；但没出息的我总会时常去默想曾有这么一带森严曲折颓败的雉堞，倒印于湖水的纹奁里。

从前既有城，即不能没有城门。滨湖之门自南而北凡三：

曰清波，曰涌金，曰钱塘，到了夜深，都要下锁的。烧香客人们既要赶得早，且要越早越好，则不得不设法飞跨这三座门。他们的妙法不是爬城，不是学鸡叫（这多么下作而且险！），只是隔夜赶出城。那时城外荒荒凉凉的，没有湖滨聚英，更别提西湖饭店、新新旅馆之流了，于是只好作不夜之游，强颜与湖山结伴了。好在天气既大热，又是好月亮，不会得受罪的。至于放放荷灯这种把戏，都因为惯住城中的不甘清寂，才想出来的花头，未必真有什么雅趣。杭州人有了西湖，乃老躲在城里，必要被官府（关城门）佛菩萨（做生日）两重逼近着方始出来晃荡这一夜；这真是寒乞相之至了。拆了城依旧如此，我看还是惰性难除罢，不见得是彻底发泄狂气呢。

我在杭州一住五年，却只过了一个六月十八夜；暑中往往他去，不是在美国就是在北京。记得有一年上，正当六月十八的早晨我动身北去的，莹环他们却在那晚上讨了一只疲惫的划子，在湖中飘泛了半晌。据说那晚的船很破烂，游得也不畅快；但她既告我以游踪，毕竟使我愕然。

去年住在俞楼，真是躬逢其盛。是时和H君一家还同住着。H君平日兴致是极好的，他的儿女们更渴望着这佳节。年年住居城中，与湖山究不免隔膜，现在却移家湖上了。上一天先忙着到岳坟去定船。在平时泛月一度，约费杖头资四五角，现在非三元不办了。到十八下午，我们商量着去到城市买些零食，备嬉游时的咬嚼。我俩和Y、L两小姐，背着夕阳，打桨悠悠然去。

归途车上白沙堤，则流水般的车儿马儿或先或后和我们同走。其时已黄昏了。呀，湖楼附近竟成一小小的市集。楼外楼高悬着炫目的石油灯，酒人已如蚁聚。小楼上下及楼前路畔，填溢着喧哗和繁热。夹道树下的小摊儿们，啾啾唧唧在那边做买卖。如是直接于公园，行人来往，曾无间歇。偏西一望，从岳坟的灯火，瞥见人气的浮涌，与此地一般无二。

这和平素萧萧的绿杨，寂寂的明湖大相径庭了。我不自觉的动了孩子的兴奋。

饭很不得味的匆匆吃了，马上就想坐船。——但是不巧，来了一群女客，须得尽先让她们耍子儿；我们惟有落后了。H君是好静的，主张在西泠桥畔露坐憩息着，到月上了再去荡桨。我们只得答应着；而且我们也没有船，大家感着轻微的失意。

西泠桥畔依然冷冷清清的。我们坐了一会儿，听远处的箫鼓声，人的语笑都迷蒙疏阔得很，顿遭逢一种凄寂，迥异我们先前所期待的了。偶然有两三盏浮漾在湖面的荷灯飘近我们，弟弟妹妹们便说灯来了。我瞅着那伶俜摇摆的神气，也实在可怜得很呢。后来有日本仁丹的广告船，一队一队，带着成列的红灯笼，沉填的空大鼓，火龙般的在里湖外湖间穿走着，似乎抖散了一堆寂寞。但不久映入水心的红意越宕越远越淡，我们以没有船赶它们不上，更添许多无聊。——淡黄月已在东方涌起，天和水都微明了。我们的船尚在渺茫中。

月儿渐高了，大家终于坐不住，一个一个的陆续溜回俞楼去。H君因此不高兴，也走回家。那边倒还是热闹的。看见许多灯，许多人影子，竟有归来之感，我一身尽是俗骨罢？

嚼着方才亲自买来的火腿，咸得很，乏味乏味！幸而客人们不久散尽了，船儿重系于柳下，时候虽不早，我们还得下湖去。我鼓舞起孩子的兴致来：“我们去。我们快去罢！”

红明的莲花飘流于银碧的夜波上，我们的划子追随着它们去。其实那时的荷灯已零零落落，无复方才的盛。放的灯真不少，无奈抢灯的更多。他们把灯都从波心里攫起来，摆在船上明晃晃地，方始踌躇满志而去。到烛烬灯昏时，依然是条怪蹩脚的划子，而湖面上却非常寥落；这真是杀风景。

“摇摆，上三潭印月。”

西湖的画舫不如秦淮河的美丽；只今宵一律妆点以温明的灯饰，嘹亮的声歌，在群山互拥，孤月中天，上下莹澈，四顾空灵的湖上，这样的穿梭走动，也觉别具丰致，决不弱于她的姊妹们。用老旧的比况，西湖的夏是“林下之风”，秦淮河的是“闺房之秀”。何况秦淮是夜夜如斯的；在西湖只是一年一度的美景良辰，风雨来时还不免虚度了。

公园码头上大船小船挨挤着。岸上石油灯的苍白芒角，把其他的灯姿和月色都逼得很黯淡了，我们不如别处去。我们甫下船时，远远听得那边船上正缓歌《南吕·懒画眉》，等到我们船拢近来，早已歌阑人静了，这也很觉怅然。我们不如别处去。船渐渐的向三潭印月划动了。

中宵月华皎洁，是难于言说的。湖心悄且冷；四岸浮动着的歌声人语，灯火的微芒，合拢来却晕成一个繁热的光圈儿围裹着它。我们的心因此也不落于全寂，如平时夜泛的光景；只是伴着少一半的兴奋，多一半的怅惘，软软地跳动着。

灯影的历乱，波痕的皴皱，云气的奔驰，船身的动荡……一切都和心象相溶合。柔滑是入梦的惟一象征，故在当时已是不多不少的一个梦。

及至到了三潭印月，灯歌又烂漫起来，人反而倦了。停泊了一歇，绕这小洲而游，渐入荒寒境界；上面欹侧的树根，旁边披离的宿草，三个圆尖石潭，一支秃笔样的雷峰塔，尚同立于月明中。湖南没有什么灯，愈显出波寒月白；我们的眼渐渐饧涩得抬不起来了，终于摇了回去。另一划船上奏着最流行的《三六》，柔曼的和音依依地送我们的归船。记得从前 H 君有一断句是“遥灯出树明如柿”，我对了一句“倦桨投波密过饧”；虽不是今宵的眼前事，移用却也正好。我们转船，望灯火的丛中归去。

梦中行走般地上了岸，H 君夫妇回湖楼去，我们还恋恋于白沙堤上尽徘徊着。楼外楼仍然上下通明，酒人尚未散尽。路上行人三三五五，络绎不绝。我们回头再往公园方面走，泊着的灯船少了一些，但也还有五六条。其中有一船挂着招帘，灯亦特别亮，是卖凉饮及吃食的，我们上去喝了些汽水。中舱端坐着一个华妆的女郎，虽然不见得美，我们乍见，误认她也是客人，后来不知从哪儿领悟出是船上的活招牌，才恍然失笑，走了。

不论如何的疲惫无聊，总得拼到东方发白才返高楼寻梦去；我们谁都是这般期待的。奈事不从人愿，H 君夫妇不放心儿女们在湖上深更浪荡，毕竟来叫他们回去。顶小的一位 L 君临去时只咕噜着：“今儿玩得真不畅快！”但仍旧垂着头踱回去了。只剩下我们，踽踽凉凉如何是了？环又是不耐夜凉的。“我们一淘走罢！”

他们都上重楼高卧去了。我俩同凭着疏朗的水泥栏，一桁楼廊满载着月色，见方才卖凉饮的灯船复向湖心动了。活招牌式的女人必定还支撑着倦眼端坐着呢？我俩同时作此想。

叮叮当，叮叮冬，那船在西倾的圆月下响着。远了，渐渐听不真，一阵夜风过来，又是叮……当，叮……冬。

一切都和我疏阔，连自已在明月中的影子看起来也朦胧得甚于烟雾。才想转身去睡；不知怎的脚下踌躇了一步，于是箭逝的残梦俄然一顿，虽然马上又脱镞般飞驶了。这场怪短的“中夏夜梦”，我事后至今不省得如何对它。它究竟回过头瞟了我一眼才走的，我哪能怪它。喜欢它吗？不，一点不！

一九二五年四月十三日，作于北京。

阳台山大觉寺

□ 俞平伯

夙闻阳台山大觉寺杏花之胜，以懒迄未往。今岁四月十日往游之，记其梗略云。是日星期四，连日阴，晨起天微露晴意，已约佩在燕京大学，行具亦备，于六时五十分抵南池子，七时车开，十五分出西直门，同车只一人，且不相识，兀坐而已，天容仍阴晴无主。数日未出，觉春物一新，频年奔走郊甸，均为校课，即值良辰，视同冗赘，今日以游赏而去，弥可喜也。弧形广陌，新柳两行，陇畔土房，杏花三四，昔阴未散，轻尘不飞，于三十三分抵西勾桥，佩已坐候于燕京校友门，并雇得小驴一头，携粉红彩画水持一，牛肉面包一包。其驴价一元二角，劝予亦雇之。“你不是在苏州骑过驴吗，有髀肉复生之感吧？”应之曰，“不。”雇得人力车，车夫二人，价二元五角。舍驴而车有四说焉。驴之为物，虽经尝试而不欲屡试，一也；携来饮食无车则安置不便，二也；驴背上诚有诗思，却不便记载，三也；明知车价昂，无如之何耳。

于五十五分过颐和园，望见大门，循东北宫墙行，浅漪一片，白鸭数只，天渐放晴，路如香炉。八时四分逾一大石桥，安和桥也，亦作安河。转入大道，亦土道也，特平坦，不复香灰耳。夹道稚柳青青，行行去去，渐见西山，童秃为主，望红石山口（俗呼红山口），以乘车不得过，循百望山行。其麓为天主教士所建屋。询车夫以百望山，不解，以望儿山呼之。山形较陡峭，上有磊石，有废庙，与载记合。三十分抵西百望，车夫呼以西北望，而公家则标之曰西北旺。自西勾桥至此十五里（凡所记里数均车夫言之）。停车上捐，铜子十枚，驴则无捐。车夫购烧饼十枚，四里两家佃（晾甲店），又一车夫云六里殆误。过青龙寺门前，寺甚小。时为四十八分。五里太子务（太子府），已九时六分。以大路车辙深峻，穿村而过。此十里间，群山回合，其中原野浩莽，气象阔大。车中携得奉宽《妙峰山琐记》，有按图索骥之妙。所谓蜘蛛山顶，一松婆娑，良信。到于跌死猫盘道如何如何，驴夫之言莫能详也。至书中所谓蜘蛛如香炉，百望城子如烛台，则并不神似。出太子务抵黑龙潭不及一里，时为九时十四分。

登石坡，入龙王祠。殿在石级上，佩昔曾登之，云无可观览，徒费脚力。遂从侧门入，观潭。潭以圆廊绕之，循廊而行，从窗牖间遥看平畴，近瞩流水，即潭之一胜也。下临潭，不广而清，如绿琉璃，底有砾石。窄处为源，泡沫不盛。在此食甜面包及水，予所携也。佩云："此绿绿得老，不如仙潭嫩绿。"又云："其形如……其形如说不出。"黑龙潭固非方圆，亦非三棱也。此地予系初来，佩则重游矣。出时为三十七分。五十分白家疃，计程三里，有白家潭、白家滩异名，俗呼之。五里温泉村，有中法校附设中学在。此村颇大，亦整洁，壁上时见标语，忆其一曰，"温泉村万岁"。十时二分过温泉疗养院，未入游。二十五分，周家巷，巷口门楼，上祀文昌。已近城子山麓，望北安河隐约可辨。城子山上亦有庙，群山一桁，山腰均点缀以杏花，惜只可入远望耳。佩云："杏花好，可惜背景差点。"诚然。北地山甚少水草，枯而失润，雄壮有余，美秀不足，不独西山然也。

值午，天渐热，大觉寺可望，路渐高，车夫以疲而行缓。进路不甚宽，旁有梨杏颇繁，均果园也。梨花只开七八分，作嫩绿色，正当盛时。杏则凋残，半余绛萼，即有残英未谢，亦憔悴可怜。家君诗云，"燕南风景清明最，新柳鹅黄杏粉霞"（《小竹里馆吟草》卷六），盖北方杏花以清明为候，诗纪实也。惟寺前之杏，多系新枝非老干，且短垣隔之，以半面妆向人，觉未如所期，聊作游散耳。十时四十六分抵大觉寺，自温泉村至此八里许。

入寺门，颇喧杂，有乞丐，从东侧升。引导流水，萦回寺里，寺故辽之清水院，以泉得名。此在北土为罕见，于吾乡则

"辽东豕"耳。既升，见浮屠，在大悲坛后，形似液池琼岛，色较黯淡。二巨松护之，夭矫拏攫。塔后方塘澄清，蓄泉为之。塘后小楼不高，佩登之，返告曰，"平常。"即在塔侧午食，荫松背泉，面眺平原。携有酱肉、肉松、鸭卵等物。佩则出英制Corned Beef，启之，肉汁流石，而盒不开。适有小童经过，自告奋勇，携至香积厨代启之，酬以二十枚，面包两片。佩甘肉松，而予则甘其牛肉，已饱矣，犹未已，忽天风琅然挟肉松以飞，牛肉略尽其半，固不动也，于是罢餐。各出小刀削梨而食之。西行上领要亭，拾级下至四宜堂前，有半凋玉兰两株，其巨尚不如吴下曲园中物。小童尾随不去，佩又酬以十枚，导至殿外，观松上寄生槐榆，其细如指。问童子曰，"完了么？"答曰，"没有啦。"乃径出门去，小步石坡约半里，杏花仍无可观，遂登车上驴，十二时十分也。大觉寺附近还有胜景，惜我辈不知也。

小驴宜近不宜远，而阳台海甸间，往返八十余里（车夫曰百里者，夸词也，为索车资作张本耳）。于去时，佩之驴已雅步时多，奔跑时少，归途则弥从容。驴夫见告，此公连日游香山卧佛寺等处，揣其意似爱惜之，不忍多加鞭策。虽时时以车候骑，予仍先抵温泉疗养院，时为十二时四十五分。待五分，佩至。此地有垂杨流水，清旷明秀，食浴均可。坐廊下饮西山汽水二，即入浴。人得一室，导汤入池，池形似盆，而较深广。平常浴水入后渐凉，猛加热汤又增刺激，此则温冷恰可，久而弥隽，故佳品也。至内含硫质有益卫生否，事近专门，予不知云。可惜者，池两端各一孔，一入一出，虽终日长流，而究不能彻底换水。浴罢复行，已一时三十五分。北方气候，甫晴便热，且溯来路而归，鲜可观览，原野微有燥风，与晨间之润浥不侔。过白家疃、太子务两家佃，其行甚缓。途次，佩曰，“去的时候骑驴是军政，现在是训政时期，宪政还没有到哩。”话言甫毕，不数百武忽坠乘，幸无伤，然则训政时期到否亦有问题也。

近西百望时，与佩约会于清华，遂先行。过万寿山后，车夫饮水，天亦渐凉。经挂甲屯，穿行燕京大学，入西门出东门，四时六分抵清华南院，付车资二元六角，加以在寺所付之饭钱四角，共计三元。入校门饮冰一杯。返南院时佩已归，云至万寿山易骑而车，否则恐尚在途中也。小息饮茗，于五时半乘车返北京东城，抵家正六时三十分，适得十二时，行百二十里许。

一九三一年四月十一日写记。

梦游（附跋）

□ 俞平伯

月日，偕友某夜泛湖上。于时三月，越日望也。月色朦胧殊不甚好。小舟欹侧袅娜，如梦游。引而南趋，南屏黛色于乳白月芒下扑人眉宇而立。桃杏罗置岸左，不辨孰绯孰赤孰白。着枝成雾凇，委地疑积霰。花气微婉，时翩翩飞度湖水，集衣袂皆香，淡而可醉。如是数里未穷。南湖故多荷芰，举者风盖，偃者水衣。舟出其间，左萦右拂，悉飒不宁贴，如一怯书生乍傍群姝也。行不逾里，荷塘柳港转盼失之，惟柔波汩汩，拍桨有声，了无际涯，渺然一白，与天半银云相接。左顾，依约青峰数点出月雾下，疑为大力者推而远之，凝视仅可识。凉露在衣，风来逐云，月得云罅，以娇脸下窥，圆如珍珠也；旋又隐去，风寒逼人，湖水大波。回眺严城，更漏下矣。

月，山阴偏门舟次忆写。

跋：

写这篇文章的因缘，在此略叙一下。十四年八月间得一梦，梦读文两篇，其一记雕刻的佛像二，姿态变幻，穷朽工巧；其二记游西湖，亦殊妍秀。醒来其文悉不可诵，然意想固犹时时浮涌着，就记下了较易省忆的一篇，即此是。篇中固亦有后来臆加的，如“南湖故多荷芰”一节是；然大体的意境，总与梦中的文境不远。至于要写文言，因为梦中所见本是古文，遂不得不力加摹拟。这却不是想去取媚“老虎”，千万别误会。临了我还要讲一笑话：就是这文脱稿以后，不署姓名，叫朋友们去猜。他们说大约是明人作的，至迟亦在清初。可差得太多了！这三个朋友中，有两位实是我的老师，那令我更加惶恐了。谁呢？您猜猜看。还有几句附加的话，本文末一行所记，写文的地和时，亦是梦中的影子，万不可据为考据的张本。所谓“月”，乃指在月下写记，并非某月的缺文。我觉得这种记时间的方法很好玩，虽然古已有之。您不记得吗？《武家坡》中有所谓“薛平贵，在月下，修写书文”，这便是一个再好没有的先例了！

二十六日在北京东城记。

桨声灯影里的秦淮河

□ 俞平伯

我们消受得秦淮河上的灯影，当圆月犹皎的仲夏之夜。

在茶店里吃了一盘豆腐干丝，两个烧饼之后，以歪歪的脚步踅上夫子庙前停泊着的画舫，就懒洋洋躺到藤椅上去了。好郁蒸的江南，傍晚也还是热的。“快开船罢！”桨声响了。

小的灯舫初次在河中荡漾；于我，情景是颇朦胧，滋味是怪羞涩的。我要错认它作七里的山塘；可是，河房里明窗洞启，映着玲珑入画的曲栏干，顿然省得身在何处了。佩弦呢，他已是重来，很应当消释一些迷惘的。但看他太频繁地摇着我的黑纸扇。胖子是这个样怯热的吗？

又早是夕阳西下，河上妆成一抹胭脂的薄媚。是被青溪的姊妹们所熏染的吗？还是匀得她们脸上的残脂呢？寂寂的河水，随双桨打它，终是没言语。密匝匝的绮恨逐老去的年华，已都如蜜饧似的融在流波的心窝里，连呜咽也将嫌它多事，更哪里论到哀嘶。心头，宛转的凄怀；口内，徘徊的低唱；留在夜夜的秦淮河上。

在利涉桥边买了一匣烟，荡过东关头，渐荡出大中桥了。船儿悄悄地穿出连环着的三个壮阔的涵洞，青溪夏夜的韶华已如巨幅的画豁然而抖落。哦！凄厉而繁的弦索，颤岔而涩的歌喉，杂着吓哈的笑语声，劈拍的竹牌响，更能把诸楼船上的华灯彩绘，显出火样的鲜明，火样的温煦了。小船儿载着我们，在大船缝里挤着，挨着，抹着走。它忘了自己也是今宵河上的一星灯火。

既踏进所谓“六朝金粉气”的销金锅，谁不笑笑呢！今天的一晚，且默了滔滔的言说，且舒了恻恻的情怀，暂且学着，姑且学着我们平时认为在醉里梦里的他们的憨痴笑语。看！初上的灯儿们一点点掠剪柔腻的波心，梭织地往来，把河水都皴得微明了。纸薄的心旌，我的，尽无休息地跟着它们飘荡，以至于怦怦而内热。这还好说什么的！如此说，诱惑是诚然有的，且于我已留下不易磨灭的印记。至于对榻的那一位先生，自认曾经一度摆脱了纠缠的他，其辩解又在何处？这实在非我所知。

我们，醉不以涩味的酒，以微漾着、轻晕着的夜的风华。不是什么欣悦，不是什么慰藉，只感到一种怪陌生、怪异样的朦胧。朦胧之中似乎胎孕着一个如花的笑——这么淡、那么淡的倩笑。淡到已不可说，已不可拟，且已不可想；但我们终久是眩晕在它离合的神光之下的。我们没法使人信它是有，我们不信它是没有。勉强哲学地说，这或近于佛家的所谓“空”，既不当鲁莽说它是“无”，也不能径直说它是“有”。或者说“有”是有的，只因无可比拟形容那“有”的光景；故从表面看，与“没有”似不生分别。若定要我再说得具体些：譬如东风初劲时，直上高翔的纸鸢，牵线的那人儿自然远得很了，知她是哪一家呢？但凭那鸢尾一缕飘绵的彩线，便容易揣知下面的人寰中，必有微红的一双素手，卷起轻绡的广袖，牢担荷小纸鸢儿的命根的。飘翔岂不是东风的力，又岂不是纸鸢的含德；但其根株却将另有所寄。请问，这和纸鸢的省悟与否有何关系？故我们不能认笑是非有，也不能认朦胧即是笑。我们定应当如此说，朦胧里胎孕着一个如花的幻笑，和朦胧又互相混融着的；因它本来是淡极了，淡极了这么一个。

漫题那些纷烦的话，船儿已将泊在灯火的丛中去了。对岸有盏跳动的汽油灯，佩弦便硬说它远不如微黄的灯火。我简直没法和他分证那是非。

时有小小的艇子急忙忙打桨，向灯影的密流里横冲直撞。冷静孤独的油灯映见黯淡久的画船头上，秦淮河姑娘们的靓妆。茉莉的香，白兰花的香，脂粉的香，纱衣裳的香……微波泛滥出甜的暗香，随着她们那些船儿荡，随着我们这船儿荡，随着大大小小一切的船儿荡。有的互相笑语，有的默然不响，有的衬着胡琴亮着嗓子唱。一个，三两个，五六七个，比肩坐在船头的两旁，也无非多添些淡薄的影儿葬在我们的心上——太过火了，不至于罢，早消失在我们的眼皮上。谁都是这样急忙忙的打着桨，谁都是这样向灯影的密流里冲着撞；又何况久沉沦的她们，又何况飘泊惯的我们俩。当时浅浅的醉，今朝空空的惆怅；老实说，咱们萍泛的绮思不过如此而已，至多也不过如此而已。你且别讲，你且别想！这无非是梦中的电光，这无非是无明的幻相，这无非是以零星的火种微炎在大欲的根苗上。扮戏的咱们，散了场一个样，然而，上场锣，下场锣，天天忙，人人忙。看！吓！载送女郎的艇子才过去，货郎担的小船不是又来了？一盏小煤油灯，一舱的什物，他也忙得来像手里的摇铃，这样丁冬而郎当。

杨枝绿影下有条华灯璀璨的彩舫在那边停泊。我们那船不禁也依傍短柳的腰肢，欹侧地歇了。游客们的大船，歌女们的艇子，靠着。唱的拉着嗓子；听的歪着头，斜着眼，有的甚至于跳过她们的船头。如那时有严重些的声音，必然说："这哪里是什么旖旎风光！"咱们真是不知道，只模糊地觉着在秦淮河船上板起方正的脸是怪不好意思的。咱们本是在旅馆里，为什么不早早入睡，掂着牙儿，领略那"卧后清宵细细长"，而偏这样急急忙忙跑到河上来无聊浪荡？

还说那时的话，从杨柳枝的乱鬓里所得的境界，照规矩，外带三分风华的。况且今宵此地，动荡着有灯火的明姿。况且今宵此地，又是圆月欲缺未缺、欲上未上的黄昏时候。叮当的小锣，伊轧的胡琴，沉填的大鼓……弦吹声腾沸遍了三里的秦淮河。喳喳嚷嚷的一片，分不出谁是谁，分不出哪儿是哪儿，只有整个的繁喧来把我们包填。仿佛都抢着说笑，这儿夜夜尽是如此的，不过初上城的乡下佬是第一次呢。真是乡下人，真是第一次。

穿花蝴蝶样的小艇子多到不和我们相干。货郎担式的船，曾以一瓶汽水之故而拢近来，这是真的。至于她们呢，即使偶然灯影相偎而切掠过去，也无非瞧见我们微红的脸罢了，不见得有什么别的。可是，夸口早哩！——来了，竟向我们来了！不但是近，且拢着了。船头傍着，船尾也傍着；这不但是拢着，且并着了。厮并着倒还不很要紧，且有人扑冬地跨上我们的船头了。这岂不大吃一惊！幸而来的不是姑娘们，还好。（她们正冷冰冰地在那船头上）来人年纪并不大，神气倒怪狡猾，把一扣破烂的手折，摊在我们眼前，让细瞧那些戏目，好好儿点个唱。他说："先生，这是小意思。"诸君，读者，怎么办？

好，自命为超然派的来看榜样！两船挨着，灯光愈皎，见佩弦的脸又红起来了。那时的我是否也这样？这当转问他。（我希望我的镜子不要过于给我下不去）老是红着脸终久不能打发人家走路的，所以想个法子在当时是很必要。说来也好笑，我的老调是一味的默，或干脆说个"不"，或者摇摇头，摆摆手表示"决不"。如今都已使尽了。佩弦便进了一步，他嫌我的方术太冷漠了，又未必中用，摆脱纠缠的正当道路惟有辩解。

好吗！听他说："你不知道？这事我们是不能做的。"这是诸辩解中最简洁、最漂亮的一个。可惜他所说的"不知道？"来人倒真有些"不知道！"辜负了这二十分聪明的反语。他想得有理由，你们为什么不能做这事呢？因这"为什么？"佩弦又有进一层的曲解。那知道更坏事，竟只博得那些船上人的一哂而去。他们平常虽不以聪明名家，但今晚却又怪聪明，如洞彻我们的肺肝一样的。这故事即我情愿讲给诸君听，怕有人未必愿意哩。"算了罢，就是这样算了罢。"恕我不再写下了，以外的让他自己说。

叙述只是如此，其实那时连翩而来的，我记得至少也有三五次。我们把它们一个一个的打发走路。但走的是走了，来的还正来。我们可以使它们走，我们不能禁止它们来。我们虽不轻被摇撼，但已有一点杌陧了。况且小艇上总载去一半的失望和一半的轻蔑，在桨声里仿佛狠狠地说，"都是呆子，都是吝啬鬼！"还有我们的船家（姑娘们卖个唱，他可以赚几个子的佣金），眼看她们一个一个的去远了，呆呆的蹲踞着，怪无聊赖似的。碰着了这种外缘，无怒亦无哀，惟有一种情意的紧张，使我们从颓弛中体会出挣扎来。这味道倒许很真切的，只恐怕不易为倦鸦似的人们所喜。

曾游过秦淮河的到底乖些。佩弦告船家："我们多给你酒钱，把船摇开，别让他们来罗嗦。"自此以后，桨声复响，还我以平静了，我们俩又渐渐无拘无束舒服起来，又滔滔不断地来谈谈方才的经过。今儿是算怎么一回事？我们齐声说，欲的胎动无可疑的。正如水见波痕轻婉已极，与未波时究不相类。微醉的我们，洪醉的他们，深浅虽不同，却同为一醉。接着来了第二问，既自认有欲的微炎，为什么艇子来时又羞涩地躲了呢？在这儿，答语参差着。佩弦说他的是一种暗味的道德意味，我说是一种似较深沉的眷爱。我只背诵岂明君的几句诗给佩弦听，望他曲喻我的心胸。可恨他今天似乎有些发钝，反而追着问我。

前面已是复成桥。青溪之东，暗碧的树梢上面微耀着一桁的清光。我们的船就缚在枯柳桩边待月。其时河心里晃荡着的，河岸头歇泊着的各式灯船，望去，少说点也有十廿来只。惟不觉繁喧，只添我们以幽甜。虽同是灯船，虽同是秦淮，虽同是我们；却是灯影淡了，河水静了，我们倦了，——况且月儿将上了。灯影里的昏黄，和月下灯影里的昏黄原是不相似的，又何况入倦的眼中所见的昏黄呢。灯光所以映她的秾姿，月华所以洗她的秀骨，以蓬腾的心焰跳舞她的盛年，以饧涩的眼波供养她的迟暮。必如此，才会有圆足的醉，圆足的恋，圆足的颓弛，成熟了我们的心田。

犹未下弦，一丸鹅蛋似的月，被纤柔的云丝们簇拥上了一碧的遥天。冉冉地行来，冷冷地照着秦淮。我们已打桨而徐归了。归途的感念，这一个黄昏里，心和境的交萦互染，其繁密殊超我们的言说。主心主物的哲思，依我外行人看，实在把事情说得太嫌简单，太嫌容易，太嫌分明了。实有的只是浑然之感。就论这一次秦淮夜泛罢，从来处来，从去处去，分析其间的成因自然亦是可能；不过求得圆满足尽的解析，使片段的因子们合拢来代替刹那间所体验的实有，这个我觉得有点不可能，至少于现在的我们是如此的。凡上所叙，请读者们只看作我归来后，回忆中所偶然留下的千百分之一二，微薄的残影。若所谓“当时之感”，我决不敢望诸君能在此中窥得。即我自己虽正在这儿执笔构思，实在也无从重新体验出那时的情景。说老实话，我所有的只是忆。我告诸君的只是忆中的秦淮夜泛。至于说到那“当时之感”，这应当去请教当时的我。而他久飞升了，无所存在。

……

凉月凉风之下，我们背着秦淮河走去，悄默是当然的事了。如回头，河中的繁灯想定是依然。我们却早已走得远，“灯火未阑人散”；佩弦，诸君，我记得这就是在南京四日的酣嬉，将分手时的前夜。

一九二三年八月二十二日，北京。

桨声灯影里的秦淮河

□ 朱自清

一九二三年八月的一晚，我和平伯同游秦淮河；平伯是初泛，我是重来了。我们雇了一只“七板子”，在夕阳已去，皎月方来的时候，便下了船。于是桨声汩——汩，我们开始领略那晃荡着蔷薇色的历史的秦淮河的滋味了。

秦淮河里的船，比北京万甡园、颐和园的船好，比西湖的船好，比扬州瘦西湖的船也好。这几处的船不是觉着笨，就是觉着简陋、局促；都不能引起乘客们的情韵，如秦淮河的船一样。秦淮河的船约略可分为两种：一是大船；二是小船，就是所谓“七板子”。大船舱口阔大，可容二三十人。里面陈设着字画和光洁的红木家具，桌上一律嵌着冰凉的大理石面。窗格雕镂颇细，使人起柔腻之感。窗格里映着红色蓝色的玻璃；玻璃上有精致的花纹，也颇悦人目。“七板子”规模虽不及大船，但那淡蓝色的栏干，空敞的舱，也足系人情思。而最出色处却在它的舱前。舱前是甲板上的一部。上面有弧形的顶，两边用疏疏的栏干支着。里面通常放着两张藤的躺椅。躺下，可以谈天，可以望远，可以顾盼两岸的河房。大船上也有这个，便在小船上更觉清隽罢了。舱前的顶下，一律悬着灯彩；灯的多少，明暗，彩苏的精粗，艳晦，是不一的。但好歹总还你一个灯彩。这灯彩实在是最能钩人的东西。夜幕垂垂地下来时，大小船上都点起灯火。从两重玻璃里映出那辐射着的黄黄的散光，反晕出一片朦胧的烟霭；透过这烟霭，在黯黯的水波里，又逗起缕缕的明漪。在这薄霭和微漪里，听着那悠然的间歇的桨声，谁能不被引入他的美梦去呢？只愁梦太多了，这些大小船儿如何载得起呀？我们这时模模糊糊的谈着明末的秦淮河的艳迹，如《桃花扇》及《板桥杂记》里所载的。我们真神往了。我们仿佛亲见那时华灯映水，画舫凌波的光景了。于是我们的船便成了历史的重载了。我们终于恍然秦淮河的船所以雅丽过于他处，而又有奇异的吸引力的，实在是许多历史的影象使然了。

秦淮河的水是碧阴阴的；看起来厚而不腻，或者是六朝金粉所凝么？我们初上船的时候，天色还未断黑，那漾漾的柔波是这样的恬静，委婉，使我们一面有水阔天空之想，一面又憧憬着纸醉金迷之境了。等到灯火明时，阴阴的变为沉沉了：黯淡的水光，像梦一般；那偶然闪烁着的光芒，就是梦的眼睛了。我们坐在舱前，因了那隆起的顶棚，仿佛总是昂着首向前走着似的；于是飘飘然如御风而行的我们，看着那些自在的湾泊着的船，船里走马灯般的人物，便像是下界一般，迢迢的远了，又像在雾里看花，尽朦朦胧胧的。这时我们已过了利涉桥，望见东关头了。沿路听见断续的歌声：有从沿河的妓楼飘来的，有从河上船里渡来的。我们明知那些歌声，只是些因袭的言词，从生涩的歌喉里机械的发出来的；但它们经了夏夜的微风的吹漾和水波的摇拂，袅娜着到我们耳边的时候，已经不单是她们的歌声，而混着微风和河水的密语了。于是我们不得不被牵惹着，震撼着，相与浮沉于这歌声里了。从东关头转湾，不久就到大中桥。大中桥共有三个桥拱，都很阔大，俨然是三座门儿；使我们觉得我们的船和船里的我们，在桥下过去时，真是太无颜色了。桥砖是深褐色，表明它的历史的长久；但都完好无缺，令人太息于古昔工程的坚美。桥上两旁都是木壁的房子，中间应该有街路？这些房子都破旧了，多年烟熏的迹，遮没了当年的美丽。我想象秦淮河的极盛时，在这样宏阔的桥上，特地盖了房子，必然是髹漆得富富丽丽的；晚间必然是灯火通明的。现在却只剩下一片黑沉沉！但是桥上造着房子，毕竟使我们多少可以想见往日的繁华；这也慰情聊胜无了。过了大中桥，便到了灯月交辉，笙歌彻夜的秦淮河；这才是秦淮河的真面目哩。

大中桥外，顿然空阔，和桥内两岸排着密密的人家的大异了。一眼望去，疏疏的林，淡淡的月，衬着蓝蔚的天，颇像荒江野渡光景；那边呢，郁葱葱的，阴森森的，又似乎藏着无边的黑暗：令人几乎不信那是繁华的秦淮河了。但是河中眩晕着的灯光，纵横着的画舫，悠扬着的笛韵，夹着那吱吱的胡琴声，终于使我们认识绿如茵陈酒的秦淮水了。此地天裸露着的多些，故觉夜来的独迟些；从清清的水影里，我们感到的只是薄薄的夜——这正是秦淮河的夜。大中桥外，本来还有一座复成桥，是船夫口中的我们的游踪尽处，或也是秦淮河繁华的尽处了。我的脚曾踏过复成桥的脊，在十三四岁的时候。但是两次游秦淮河，却都不曾见着复成桥的面；明知总在前途的，却常觉得有些虚无缥缈似的。我想，不见倒也好。这时正是盛夏。我们下船后，借着新生的晚凉和河上的微风，暑气已渐渐消散；到了此地，豁然开朗，身子顿然轻了——习习的清风荏苒在面上，手上，衣上，这便又感到了一缕新凉了。南京的日光，大概没有杭州猛烈；西湖的夏夜老是热蓬蓬的，水像沸着一般，秦淮河的水却尽是这样冷冷地绿着。任你人影的憧憧，歌声的扰扰，总像隔着一层薄薄的绿纱面幂似的；它尽是这样静静的，冷冷的绿着。我们出了大中桥，走不上半里路，船夫便将船划到一旁，停了桨由它宕着。他以为那里正是繁华的极点，再过去就是荒凉了；所以让我们多多赏鉴一会儿。他自己却静静的蹲着。他是看惯这光景的了，大约只是一个无可无不可。这无可无不可，无论是升的沉的，总之，都比我们高了。

那时河里闹热极了；船大半泊着，小半在水上穿梭似的来往。停泊着的都在近市的那一边，我们的船自然也夹在其中。因为这边略略的挤，便觉得那边十分的疏了。在每一只船从那边过去时，我们能画出它的轻轻的影和曲曲的波，在我们的心上；这显着是空，且显着是静了。那时处处都是歌声和凄厉的胡琴声，圆润的喉咙，确乎是很少的。但那生涩的，尖脆的调子能使人有少年的，粗率不拘的感觉，也正可快我们的意。况且多少隔开些儿听着，因为想象与渴慕的做美，总觉更有滋味；而竞发的喧嚣，抑扬的不齐，远近的杂沓，和乐器的嘈嘈切切，合成另一意味的谐音，也使我们无所适从，如随着大风而走。这实在因为我们的心枯涩久了，变为脆弱；故偶然润泽一下，便疯狂似的不能自主了。但秦淮河确也腻人。即如船里的人面，无论是和我们一堆儿泊着的，无论是从我们眼前过去的，总是模模糊糊的，甚至渺渺茫茫的；任你张圆了眼睛，揩净了眦垢，也是枉然。这真够人想呢。在我们停泊的地方，灯光原是纷然的；不过这些灯光都是黄而有晕的。黄已经不能明了，再加上了晕，便更不成了。灯愈多，晕就愈甚；在繁星般的黄的交错里，秦淮河仿佛笼上了一团光雾。光芒与雾气腾腾的晕着，什么都只剩了轮廓了；所以人面的详细的曲线，便消失于我们的眼底了。但灯光究竟夺不了那边的月色；灯光是浑的，月色是清的，在浑沌的灯光里，渗入了一派清辉，却真是奇迹！那晚月儿已瘦削了两三分。她晚妆才罢，盈盈的上了柳梢头。天是蓝得可爱，仿佛一汪水似的；月儿便更出落得精神了。岸上原有三株两株的垂杨树，淡淡的影子，在水里摇曳着。它们那柔细的枝条浴着月光，就像一只只美人的臂膊，交互的缠着，挽着；又像是月儿披着的发。而月儿偶然也从它们的交叉处偷偷窥看我们，大有小姑娘怕羞的样子。岸上另有几株不知名的老树，光光的立着；在月光里照起来，却又俨然是精神矍铄的老人。远处——快到天际线了，才有一两片白云，亮得现出异彩，像美丽的贝壳一般。白云下便是黑黑的一带轮廓；是一条随意画的不规则的曲线。这一段光景，和河中的风味大异了。但灯与月竟能并存着，交融着，使月成了缠绵的月，灯射着渺渺的灵辉；这正是天之所以厚秦淮河，也正是天之所以厚我们了。

这时却遇着了难解的纠纷。秦淮河上原有一种歌妓，是以歌为业的。从前都在茶舫上，唱些大曲之类。每日午后一时起；什么时候止，却忘记了。晚上照样也有一回。也在黄晕的灯光里。我从前过南京时，曾随着朋友去听过两次。因为茶舫里的人脸太多了，觉得不大适意，终于听不出所以然。前年听说歌妓被取缔了，不知怎的，颇涉想了几次——却想不出什么。这次到南京，先到茶舫上去看看，觉得颇是寂寥，令我无端的怅怅了。不料她们却仍在秦淮河里挣扎着，不料她们竟会纠缠到我们，我于是很张皇了。她们也乘着“七板子”，她们总是坐在舱前的。舱前点着石油汽灯，光亮炫人眼目：坐在下面的，自然是纤毫毕见了——引诱客人们的力量，也便在此了。舱里躲着乐工等人，映着汽灯的余辉蠕动着；他们是永远不被注意的。每船的歌妓大约都是二人；天色一黑。她们的船就在大中桥外往来不息的兜生意。无论行着的船，泊着的船，都要来兜揽的。这都是我后来推想出来的。那晚不知怎样，忽然轮着我们的船了。我们的船好好的停着，一只歌舫划向我们来的；渐渐和我们的船并着了。烁烁的灯光逼得我们皱起了眉头；我们的风尘色全给它托出来了，这使我踧踖不安了。那时一个伙计跨过船来，拿着摊开的歌折，就近塞向我的手里，说，“点几出吧！”他跨过来的时候，我们船上似乎有许多眼光跟着。同时相近的别的船上也似乎有许多眼睛炯炯的向我们船上看着。我真窘了！我也装出大方的样子，向歌妓们瞥了一眼，但究竟是不成的！我勉强将那歌折翻了一翻，却不曾看清了几个字；便赶紧递还那伙计，一面不好意思地说，“不要，我们……不要。”他便塞给平伯。平伯掉转头去，摇手说，“不要！”那人还腻着不走。平伯又回过脸来，摇着头道，“不要！”于是那人重到我处。我窘着再拒绝了他。他这才有所不屑似的走了。我的心立刻放下，如释了重负一般。我们就开始自白了。

我说我受了道德律的压迫，拒绝了她们；心里似乎很抱歉的。这所谓抱歉，一面对于她们，一面对于我自己。她们于我们虽然没有很奢的希望；但总有些希望的。我们拒绝了她们，无论理由如何充足，却使她们的希望受了伤；这总有几分不做美了。这是我觉得很怅怅的。至于我自己，更有一种不足之感。我这时被四面的歌声诱惑了，降服了；但是远远的，远远的歌声总仿佛隔着重衣搔痒似的，越搔越搔不着痒处。我于是憧憬着贴耳的妙音了。在歌舫划来时，我的憧憬，变为盼望；我固执的盼望着，有如饥渴。虽然从浅薄的经验里，也能够推知，那贴耳的歌声，将剥去了一切的美妙；但一个平常的人像我的，谁愿凭了理性之力去丑化未来呢？我宁愿自己骗着了。不过我的社会感性是很敏锐的；我的思力能拆穿道德律的西洋镜，而我的感情却终于被它压服着，我于是有所顾忌了，尤其是在众目昭彰的时候。道德律的力，本来是民众赋予的；在民众的面前，自然更显出它的威严了。我这时一面盼望，一面却感到了两重的禁制：一、在通俗的意义上，接近妓者总算一种不正当的行为；二、妓是一种不健全的职业，我们对于她们，应有哀矜勿喜之心，不应赏玩的去听她们的歌。在众目睽睽之下，这两种思想在我心里最为旺盛。她们暂时压倒了我的听歌的盼望，这便成就了我的灰色的拒绝。那时的心实在异常状态中，觉得颇是昏乱。歌舫去了，暂时宁静之后，我的思绪又如潮涌了。两个相反的意思在我心头往复：卖歌和卖淫不同，听歌和狎妓不同，又干道德甚事？——但是，但是，她们既被逼的以歌为业，她们的歌必无艺术味的；况她们的身世，我们究竟该同情的。所以拒绝倒也是正办。但这些意思终于不曾撇开我的听歌的盼望。它力量异常坚强；它总想将别的思绪踏在脚下。从这重重的争斗里，我感到了浓厚的不足之感。这不足之感使我的心盘旋不安，起坐都不安宁了。唉！我承认我是一个自私的人！平伯呢，却与我不同。他引周启明先生的诗，“因为我有妻子，所以我爱一切的女人，因为我有子女，所以我爱一切的孩子。”他的意思可以见了。他因为推及的同情，爱着那些歌妓，并且尊重着她们，所以拒绝了她们。在这种情形下，他自然以为听歌是对于她们的一种侮辱。但他也是想听歌的，虽然不和我一样，所以在他的心中，当然也有一番小小的争斗；争斗的结果，是同情胜了。至于道德律，在他是没有什么的；因为他很有蔑视一切的倾向，民众的力量在他是不大觉着的。这时他的心意的活动比较简单，又比较松弱，故事后还怡然自若；我却不能了。这里平伯又比我高了。

在我们谈话中间，又来了两只歌舫。伙计照前一样的请我们点戏，我们照前一样的拒绝了。我受了三次窘，心里的不安更甚了。清艳的夜景也为之减色。船夫大约因为要赶第二趟生意，催着我们回去；我们无可无不可的答应了。我们渐渐和那些晕黄的灯光远了，只有些月色冷清清的随着我们的归舟。我们的船竟没个伴儿，秦淮河的夜正长哩！到大中桥近处，才遇着一只来船。这是一只载妓的板船，黑漆漆的没有一点光。船头上坐着一个妓女；暗里看出，白地小花的衫子，黑的下衣。她手里拉着胡琴，口里唱着青衫的调子。她唱得响亮而圆转；当她的船箭一般驶过去时，余音还袅袅的在我们耳际，使我们倾听而向往。想不到在弩末的游踪里，还能领略到这样的清歌！这时船过大中桥了，森森的水影，如黑暗张着巨口，要将我们的船吞了下去，我们回顾那渺渺的黄光，不胜依恋之情；我们感到了寂寞了！这一段地方夜色甚浓，又有两头的灯火招邀着；桥外的灯火不用说了，过了桥另有东关头疏疏的灯火。

我们忽然仰头看见依人的素月，不觉深悔归来之早了！走过东关头，有一两只大船湾泊着，又有几只船向我们来着。嚣嚣的一阵歌声人语，仿佛笑我们无伴的孤舟哩。东关头转湾，河上的夜色更浓了；临水的妓楼上，时时从帘缝里射出一线一线的灯光；仿佛黑暗从酣睡里眨了一眨眼。我们默然的对着，静听那汩——汩的桨声，几乎要入睡了；朦胧里却温寻着适才的繁华的余味。我那不安的心在静里愈显活跃了！这时我们都有了不足之感，而我的更其浓厚。我们却只不愿回去，于是只能由懊悔而怅惘了。船里便满载着怅惘了。直到利涉桥下，微微嘈杂的人声，才使我豁然一惊；那光景却又不同。右岸的河房里，都大开了窗户，里面亮着晃晃的电灯，电灯的光射到水上，蜿蜒曲折，闪闪不息，正如跳舞着的仙女的臂膊。我们的船已在她的臂膊里了；如睡在摇篮里一样，倦了的我们便又入梦了。那电灯下的人物，只觉像蚂蚁一般，更不去萦念。这是最后的梦；可惜是最短的梦！黑暗重复落在我们面前，我们看见傍岸的空船上一星两星的，枯燥无力又摇摇不定的灯光。我们的梦醒了，我们知道就要上岸了；我们心里充满了幻灭的情思。

1923 年 10 月 11 日作完，于温州。

白马湖

□ 朱自清

今天是个下雨的日子。这使我想起了白马湖；因为我第一回到白马湖，正是微风飘萧的春日。

白马湖在甬绍铁道的驿亭站，是个极小极小的乡下地方。在北方说起这个名字，管保一百个人一百个人不知道。但那却是一个不坏的地方。这名字先就是一个不坏的名字。据说从前（宋时？）有个姓周的骑白马入湖仙去，所以有这个名字。这个故事也是一个不坏的故事。假使你乐意搜集，或也可编成一本小书，交北新书局印去。

白马湖并非圆圆的或方方的一个湖，如你所想到的，这是曲曲折折大大小小许多湖的总名。湖水清极了，如你所能想到的，一点儿不含糊像镜子。沿铁路的水，再没有比这里清的，这是公论。遇到旱年的夏季，别处湖里都长了草，这里却还是一清如故。白马湖最大的，也是最好的一个，便是我们住过的屋的门前那一个。那个湖不算小，但湖口让两面的山包抄住了。外面只见微微的碧波而已，想不到有那么大的一片。湖的尽里头，有一个三四十户人家的村落，叫做西徐岙，因为姓徐的多。这村落与外面本是不相通的，村里人要出来得撑船。后来春晖中学在湖边造了房子，这才造了两座玲珑的小木桥，筑起一道煤屑路，直通到驿亭车站。那是窄窄的一条人行路，蜿蜒曲折的，路上虽常不见人，走起来却不见寂寞——尤其在微雨的春天，一个初到的来客，他左顾右盼，是只有觉得热闹的。

春晖中学在湖的最胜处，我们住过的屋也相去不远，是半西式。湖光山色从门里从墙头进来，到我们窗前、桌上。我们几家接连着；丏翁的家最讲究。屋里有名人字画，有古瓷，有铜佛，院子里满种着花。屋子里的陈设又常常变换，给人新鲜的受用。他有这样好的屋子，又是好客如命，我们便不时地上他家里喝老酒。丏翁夫人的烹调也极好，每回总是满满的盘碗拿出来，空空的收回去。白马湖最好的时候是黄昏。湖上的山笼着一层青色的薄雾，在水里映着参差的模糊的影子。水光微微地暗淡，像是一面古铜镜。轻风吹来，有一两缕波纹，但随即平静了。天上偶见几只归鸟，我们看着它们越飞越远，直到不见为止。这个时候便是我们喝酒的时候。我们说话很少；上了灯话才多些，但大家都已微有醉意。是该回家的时候了。若有月光也许还得徘徊一会；若是黑夜，便在暗里摸索醉着回去。

白马湖的春日自然最好。山是青得要滴下来，水是满满的、软软的。小马路的两边，一株间一株地种着小桃与杨柳。小桃上各缀着几朵重瓣的红花，像夜空的疏星。杨柳在暖风里不住地摇曳。在这路上走着，时而听见锐而长的火车的笛声是别有风味的。在春天，不论是晴是雨，是月夜是黑夜，白马湖都好。——雨中田里菜花的颜色最早鲜艳；黑夜虽什么不见，但可静静地受用春天的力量。夏夜也有好处，有月时可以在湖里划小船，四面满是青霭。船上望别的村庄，像是蜃楼海市，浮在水上，迷离惝恍的；有时听见人声或犬吠，大有世外之感。若没有月呢，便在田野里看萤火。那萤火不是一星半点的，如你们在城中所见；那是成千成百的萤火。一片儿飞出来，像金线网似的，又像要着许多火绳似的。只有一层使我愤恨。那里水田多，蚊子太多，而且几乎全闪闪烁烁是疟蚊子。我们一家都染了疟疾，至今三四年了，还有未断根的。蚊子多足以减少露坐夜谈或划船夜游的兴致，这未免是美中不足了。

离开白马湖是三年前的一个冬日。前一晚“别筵”上，有丏翁与云君，我不能忘记丏翁，那是一个真挚豪爽的朋友。但我也不能忘记云君，我应该这样说，那是一个可爱的——孩子。

七月十四日，北平。

巴　黎

□ 朱自清

塞纳河穿过巴黎城中，像一道圆弧。河南称为左岸，著名的拉丁区就在这里。河北称为右岸，地方有左岸两个大，巴黎的繁华全在这一带；说巴黎是“花都”，这一溜儿才真是的。右岸不是穷学生苦学生所能常去的，所以有一位中国朋友说他是左岸的人，抱“不过河”主义；区区一衣带水，却分开了两般人。但论到艺术，两岸可是各有胜场；我们不妨说整个儿巴黎是一座艺术城。从前人说“六朝”卖菜佣都有烟水气，巴黎人谁身上大概都长着一两根雅骨吧。你瞧公园里，大街上，有的是喷水，有的是雕像，博物院处处是，展览会常常开；他们几乎像呼吸空气一样呼吸着艺术气，自然而然就雅起来了。

右岸的中心是刚果方场。这方场很宽阔，四通八达，周围都是名胜。中间巍巍地矗立着埃及拉米塞司第二的纪功碑。碑是方锥形，高七十六英尺，上面刻着象形文字。一八三六年移到这里，转眼就是一百年了。左右各有一座铜喷水，大得很。水池边环列着些铜雕像，代表着法国各大城。其中有一座代表司太司堡。自从一八七零年那地方割归德国以后，法国人每年七月十四国庆日总在像上放些花圈和大草叶，终年地搁着让人惊醒。直到一九一八年十一月和约告成，司太司堡重归法国，这才停止。纪功碑与喷水每星期六晚用弧光灯照耀。那碑像从幽暗中颖脱而出；那水像山上崩腾下来的雪。这场子原是法国革命时候断头台的旧址。在“恐怖时代”，路易十六与王后，还有各党各派的人轮班在这儿低头受戮。但现在一点痕迹也没有了。

场东是砖厂花园。也有一个喷水池；白石雕像成行，与一丛丛绿树掩映着。在这里徘徊，可以一直徘徊下去，四围那些纷纷的车马，简直若有若无。花园是所谓法国式，将花草分成一畦畦的，各各排成精巧的花纹，互相对称着。又整洁，又玲珑，教人看着赏心悦目；可是没有野情，也没有蓬勃之气，像北平的叭儿狗。这里春天游人最多，挤挤挨挨的。有时有音乐会，在绿树荫中。乐韵悠扬，随风飘到场中每一个人的耳朵里。再东是加罗塞方场，只隔着一道不宽的马路。路易十四时代，这是一个校场。场中有一座小凯旋门，是拿破仑造来纪胜的，仿罗马某一座门的式样。拿破仑叫将从威尼斯圣马克堂抢来的驷马铜像安在门顶上。但到了一八一四年，那铜像终于回了老家。法国只好换上一个新的，光彩自然差得多。

刚果方场西是大名鼎鼎的仙街，直达凯旋门。有四里半长。凯旋门地势高，从刚果方场望过去像没多远似的，一走可就知道。街的东半截儿，两旁简直是园子，春天绿叶子密密地遮着；西半截儿才真是街。街道非常宽敞。夹道两行树，笔直笔直地向凯旋门奔凑上去。凯旋门巍峨爽朗地盘踞在街尽头，好像在半天上。欧洲名都街道的形势，怕再没有赶上这儿的；称为“仙街”，不算说大话。街上有戏院，舞场，饭店，够游客们玩儿乐的。凯旋门一八零六年开工，也是拿破仑造来纪功的。但他并没有看它的完成。门高一百六十英尺，宽一百六十四英尺，进身七十二英尺，是世界凯旋门中最大的。门上雕刻着一七九二至一八一五年间法国战事片段的景子，都出于名手。其中罗特（Burguudian Rude，十九世纪）的“出师”一景，慷慨激昂，至今还可以作我们的气。这座门更有一个特别的地方：在拿破仑周忌那一天，从仙街向上看，团团的落日恰好扣在门圈儿里。门圈儿底下是一个无名兵士的墓；他埋在这里，代表大战中死难的一百五十万法国兵。墓是平的，地上嵌着文字；中央有个纪念火，焰子粗粗的，红红的，在风里摇晃着。这个火每天由参战军人团团员来点。门顶可以上去，乘电梯或爬石梯都成；石梯是二百七十三级。上面看，周围不下十二条林荫路，都辐辏到门下，宛然一个大车轮子。

刚果方场东北有四道大街衔接着，是巴黎最繁华的地方。

大铺子差不多都在这一带，珠宝市也在这儿。各店家陈列窗里五花八门，五光十色，珍奇精巧，兼而有之；管保你走一天两天看不完，也看不倦。步道上人挨挨凑凑，常要躲闪着过去。电灯一亮，更不容易走。街上“咖啡”东一处西一处的，沿街安着座儿，有点儿像北平中山公园里的茶座儿。客人慢慢地喝着咖啡或别的，慢慢地抽烟，看来往的人。“咖啡”本是法国的玩意儿；巴黎差不多每道街都有，怕是比那儿都多。巴黎人喝咖啡几乎成了癖，就像我国南方人爱上茶馆。“咖啡”里往往备有纸笔，许多人都在那儿写信；还有人让“咖啡”收信，简直当做自己的家。文人画家更爱坐“咖啡”；他们爱的是无拘无束，容易会朋友，高谈阔论。爱写信固然可以写信，爱做诗也可以做诗。大诗人魏尔仑（Verlaine）的诗，据说少有不在“咖啡”里写的。坐“咖啡”也有派别。一来“咖啡”是熟的好，二来人是熟的好。久而久之，某派人坐某“咖啡”便成了自然之势。这所谓派，当然指文人艺术家而言。一个人独自去坐“咖啡”，偶尔一回，也许不是没有意思，常去却未免寂寞得慌；这也与我国南方人上茶馆一样。若是外国人而又不懂话，那就更可不必去。巴黎最大的“咖啡”有三个，却都在左岸。这三座“咖啡”名字里都含着“圆圆的”意思，都是文人艺术家荟萃的地方。里面装饰满是新派。其中一家，电灯壁画满是立体派，据说这些画全出于名家之手。另一家据说时常陈列着当代画家的作品，待善价而沽之。坐“咖啡”之外还有站“咖啡”，却有点像我国南方的喝柜台酒。这种“咖啡”大概小些。柜台长长的，客人围着要吃的喝的。吃喝都便宜些，为的是不用多伺候你，你吃喝也比较不舒服些。站“咖啡”的人脸向里，没有甚么看的，大概吃喝完了就走。但也有人用胳膊肘儿斜靠在柜台上，半边身子偏向外，写意地眺望，谈天儿。巴黎人吃早点，多半在“咖啡”里。普通是一杯咖啡，两三个月芽饼就够了，不像英国人吃得那么多。月芽饼是一种面包，月芽形，酥而软，趁热吃最香；法国人本会烘面包，这一种不但好吃，而且好看。

卢森堡花园也在左岸，因卢森堡宫而得名。宫建于十七世纪初年，曾用作监狱，现在是上议院。花园甚大。里面有两座大喷水，背对背紧挨着。其一是梅迭契喷水，雕刻的是亚西司（Acis）与加拉台亚（Galatea）的故事。巨人波力非摩司（Polyphamos）爱加拉台亚。他晓得她喜欢亚西司，便向他头上扔下一块大石头，将他打死。加拉台亚无法使亚西司复活，只将他变成一道河水。这个故事用在一座喷水上，倒有些远意。园中绿树成行，浓荫满地，白石雕像极多，也有铜的。巴黎的雕像真如家常便饭。花园南头，自成一局，是一条荫道。最南头，天文台前面又是一座喷水，中央四个力士高高地扛着四限仪，下边环绕着四对奔马，气象雄伟得很。这是卡波（Carpeaus，十九世纪）所作。卡波与罗特同为写实派，所作以形线柔美著。

沿着塞纳河南的河墙，一带旧书摊儿，六七里长，也是左岸特有的风光。有点像北平东安市场里旧书摊儿。可是背景太好了。河水终日悠悠地流着，两头一眼望不尽；左边卢佛宫，右边圣母堂，古香古色的。书摊儿黯黯的，低低的，窄窄的一溜；一小格儿一小格儿，或连或断，可没有东安市场里的大。摊上放着些破书；旁边小凳子上坐着掌柜的。到时候将摊儿盖上，锁上小铁锁就走。这些情形也活像东安市场。

铁塔在巴黎西头，塞纳河东岸，高约一千英尺，算是世界上最高的塔。工程艰难浩大，建筑师名爱非尔（Eiffel），也称为爱非尔塔。全塔用铁骨造成，如网状，空处多于实处，轻便灵巧，亭亭直上，颇有戈昔式的余风。塔基占地十七亩，分三层。头层离地一百八十六英尺，二层三百七十七英尺，三层九百二十四英尺，连顶九百八十四英尺。头二层有“咖啡”、酒馆及小摊儿等。电梯步梯都有，电梯分上下两厢，一厢载直上直下的客人，一厢载在头层停留的客人。最上层却非用电梯不可。那梯口常常拥挤不堪。壁上贴着“小心扒手”的标语，收票人等嘴里还不住地唱道，“小心呀！”这一段儿走得可慢极，大约也是“小心”吧。最上层只有卖纪念品的摊儿和一些问心机。这种问心机欧洲各游戏场中常见：是些小铁箱，一箱管一事。放一个钱进去，便可得到回答。回答若干条是印好的，指针所停止的地方就是专答你。也有用电话回答的。譬如你要问流年，便向流年箱内投进钱去。这实在是一种开心的玩意儿。这层还专设一信箱，寄的信上盖铁塔形邮戳，好让亲友们留作纪念。塔上最宜远望，全巴黎都在眼下。但尽是密匝匝的房子，只觉应接不暇而无苍茫之感。塔上满缀着电灯，晚上便是种种广告；在暗夜里这种明妆倒值得一番领略。隔河是特罗卡代罗（Trocadéro）大厦，有道桥笔直地通着。这所大厦是为一八七八年的博览会造的。中央圆形，圆窗圆顶，两支高高的尖塔分列顶侧；左右翼是新月形的长房。下面许多级台阶，阶下一个大喷水池，也是圆的。大厦前是公园，铁塔下也是的；一片空阔，一片绿。所以大厦远看近看都显出雄巍巍的。大厦的正厅可容五千人。它的大在横里；铁塔的大在直里。一横一直，恰好称得住。

歌剧院在右岸的闹市中。门墙是威尼斯式，已经乌暗暗的，走近前细看，才见出上面精美的雕饰。下层一排七座门，门间都安着些小雕像。其中罗特的《舞群》，最有血有肉，有情有力。罗特是写实派作家，所以如此。但因为太生动了，当时有些人还见不惯：一八六九年这些雕像揭幕的时候，一个宗教狂的人，趁夜里悄悄地向这群像上倒了一瓶墨水。这件事传开了，然而罗特却因此成了一派。院里的楼梯以宏丽著名。全用大理石，又白，又滑，又宽；栏杆是低低儿的。加上罗马式圆拱门，一对对爱翁匿克式石柱，雕像上的电灯烛，真是堆花簇锦一般。那一片电灯光像海，又像月，照着你缓缓走上梯去。幕间休息的时候，大家都离开座儿各处走。这儿休息的时间特别长，法国人乐意趁这闲工夫在剧院里散散步，谈谈话，来一点吃的喝的。休息室里散步的人最多。这是一间顶长顶高的大厅，华丽的灯光淡淡地布满了一屋子。一边是成排的落地长窗，一边是几座高大的门；墙上略略有些装饰，地下铺着毯子。屋里空落落的，客人穿梭般来往。太太小姐们大多穿着各色各样的晚服，露着脖子和膀子。“衣香鬓影”，这里才真够味儿。歌剧院是国家的，只演古典的歌剧，间或也演队舞（Ballet），总是堂皇富丽的玩艺儿。

国葬院在左岸。原是巴黎护城神圣也奈韦夫（St. Geneviéve）的教堂；大革命后，一般思想崇拜神圣不如崇拜伟人了，于是改为这个；后来又改回去两次，一八五五年才算定了。伏尔泰，卢梭，雨果，左拉，都葬在这里。院中很为宽宏，高大的圆拱门，架着些圆顶，都是罗马式。顶上都有装饰的图案和画。中央的穹隆顶高二百七十二英尺，可以上去。院中壁上画着法国与巴黎的历史故事，名笔颇多。沙畹（Puvisde Chavannes，十九世纪）的便不少。其中《圣也奈韦夫俯视着巴黎城》一幅，正是月圆人静的深夜，圣还独对着油盏火；她似乎有些倦了，慢慢踱出来，凭栏远望，全巴黎城在她保护之下安睡了；瞧她那慈祥和蔼一往情深的样子。圣也奈韦夫于五世纪初年，生在离巴黎二十四里的囊台儿村（Nanterre）里。幼时听圣也曼讲道，深为感悟。圣也曼也说她根器好，着实勉励了一番。后来她到巴黎，尽力于救济事业。五世纪中叶，匈奴将来侵巴黎，全城震惊。她力劝人民镇静，依赖神明，颇能教人相信。匈奴到底也没有成。以后巴黎真经兵乱，她于救济事业加倍努力。她活了九十岁。晚年倡议在巴黎给圣彼得与圣保罗修一座教堂。动工的第二年，她就死了。等教堂落成，却发见她已葬在里头；此外还有许多奇异的传说。因此这座教堂只好作为奉祀她的了。这座教堂便是现在的国葬院。院的门墙是希腊式，三角楣下，一排哥林斯式的石柱。院旁有圣爱的昂堂，不大。现在是圣也奈韦夫埋灰之所。祭坛前的石刻花屏极华美，是十六世纪的东西。

左岸还有伤兵养老院。其中兵甲馆，收藏废弃的武器及战利品。有一间满悬着三色旗，屋顶上正悬着，两壁上斜插着，一面挨一面的。屋子很长，一进去但觉千层百层鲜明的彩色，静静地交映着。院有穹隆顶，高三百四十英尺，直径八十六英尺，造于十七世纪中，优美庄严，胜于国葬院的。顶下原是一个教堂，拿破仑墓就在这里。堂外有宽大的台阶儿，有多力克式与哥林斯式石柱。进门最叫你舒服的是那屋里的光。那是从染色玻璃窗射下来的淡淡的金光，软得像一股水。堂中央一个窖，圆的，深二十英尺，直径三十六英尺，花岗石柩居中，十二座雕像环绕着，代表拿破仑重要的战功；像间分六列插着五十四面旗子，是他的战利品。堂正面是祭坛；周围许多龛堂，埋着王公贵人。一律圆拱门；地上嵌花纹，窖中也这样。拿破仑死在圣海仑岛，遗嘱愿望将骨灰安顿在塞纳河旁，他所深爱的法国人民中间。待他死后十九年，一八四零，这愿望才达到了。

塞纳河里有两个小洲，小到不容易觉出。西头的叫城洲，洲上两所教堂是巴黎的名迹。洲东的圣母堂更为煊赫。堂成于十二世纪，中间经过许多变迁，到十九世纪中叶重修，才有现在的样子。这是“装饰的戈昔式”建筑的最好的代表。正面朝西，分三层。下层三座尖拱门。这种门很深，门圈儿是一棱套着一棱的，越望里越小；棱间与门上雕着许多大像小像，都是《圣经》中的人物。中层是窗子，两边的尖拱形，分雕着亚当夏娃像；中央的浑圆形，雕着“圣处女”像。上层是栏干。最上两座钟楼，各高二百二十七英尺；两楼间露出后面尖塔的尖儿，一个伶俐瘦劲的身影。这座塔是勒丢克（Viellet ie Duc，十九世纪）所造，比钟楼还高五十八英尺；但从正面看，像一般高似的，这正是建筑师的妙用。朝南还有一个旁门，雕饰也繁密得很。从背后看，左右两排支墙（Buttress）像一对对的翅膀，作飞起的势子。支墙上虽也有些装饰，却不为装饰而有。原来戈昔式的房子高，窗子大，墙的力量支不住那些石头的拱顶，因此非从墙外想法不可。支墙便是这样来的。这是戈昔式的致命伤；许多戈昔式建筑容易圮毁，正是为此。堂里满是彩绘的高玻璃窗子，阴森森的，只看见石柱子，尖拱门，肋骨似的屋顶。中间神堂，两边四排廊路，周围三十七间龛堂，像另自成个世界。堂中的讲坛与管风琴都是名手所作。歌队座与牧师座上的动植物木刻，也以精工著。戈昔式教堂里雕绘最繁；其中取材于教堂所在地的花果的尤多。所雕绘的大抵以近真为主。这种一半为装饰，一半也为教导，让那些不识字的人多知道些事物，作用和百科全书差不多。堂中有宝库，收藏历来珍贵的东西，如金龛，金十字架之类，灿烂耀眼。拿破仑于一八零四年在这儿加冕，那时穿的长袍也陈列在这个库里。北钟楼许人上去，可以看见墙角上石刻的妖兽，奇丑怕人，俯视着下方，据说是吐溜水的。雨果写过《巴黎圣母堂》一部小说，所叙是四百年前的情形，有些还和现在一样。

圣龛堂在洲西头，是全巴黎戈昔式建筑中之最美丽者。罗斯金更说是“北欧洲最珍贵的一所戈昔式”。在一二三八那一年，“圣路易”王听说君士坦丁皇帝包尔温将“棘冠”押给威尼斯商人，无力取赎，“棘冠”已归商人们所有，急得什么似的。他要将这件无价之宝收回，便异想天开地在犹太人身上加了一种“苛捐杂税”。过了一年，“棘冠”果然弄回来，还得了些别的小宝贝，如“真十字架”的片段等等。他这一乐非同小可，命令某建筑师造一所教堂供奉这些宝物；要造得好，配得上。一二四五年起手，三年落成。名建筑家勒丢克说，“这所教堂内容如此复杂，花样如此繁多，活儿如此利落，材料如此美丽，真想不出在那样短的时期里如何成功的。”这样两个龛堂，一上一下，都是金碧辉煌的。下堂尖拱重叠，纵横交互；中央拱抵而阔，所以地方并不大而极有开朗之势。堂中原供的“圣处女”像，传说灵迹甚多。上堂却高多了，有彩绘的玻璃窗子十五堵；窗下沿墙有龛，低得可怜相。柱上相间地安着十二使徒像；有两尊很古老，别的都是近世仿作。玻璃绘画似乎与戈昔艺术分不开；十三世纪后者最盛，前者也最盛。画法用许多颜色玻璃拼合而成，相连处以铅焊之，再用铁条夹住。着色有浓淡之别。淡色所以使日光柔和缥缈。但浓色的多，大概用深蓝作地子，加上点儿黄白与宝石红，取其衬托鲜明。这种窗子也兼有装饰与教导的好处；所画或为几何图案，或为人物故事。还有一堵“玫瑰窗”，是象征“圣处女”的；画是圆形，花纹都从中心分出。据说这堵窗是玫瑰窗中最亲切有味的，因为它的温暖的颜色比别的更接近看的人。但这种感想东方人不会有。这龛堂有一座金色的尖塔，是勒丢克造的。

毛得林堂在刚果方场之东北，造于近代。形式仿希腊神庙，四面五十二根哥林斯式石柱，围成一个廊子。壁上左右各有一排大龛子，安着群圣的像。堂里也是一行行同式的石柱；却使用各种颜色的大理石，华丽悦目。圣心院在巴黎市外东北方，也是近代造的，至今还未完成，堂在一座小山的顶上，山脚下有两道飞阶直通上去。也通索子铁路。堂的规模极宏伟，有四个穹隆顶，一个大的，带三个小的，都量卑赞廷式；另外一座方形高钟楼，里面的钟重二万九千斤。堂里能容八千人，但还没有加以装饰。房子是白色，台阶也是的，一种单纯的力量压得住人。堂高而大，巴黎周围若干里外便可看见。站在堂前的平场里，或爬上穹隆顶里，也可看个五六十里。造堂时工程浩大，单是打地基一项，就花掉约四百万元；因为土太松了，撑不住，根基要一直打到山脚下。所以有人半真半假地说，就是移了山，这教堂也不会倒的。

巴黎博物院之多，真可算甲于世界。就这一桩儿，便可教你流连忘返。但须徘徊玩索才有味，走马看花是不成的。一个行色匆匆的游客，在这种地方往往无可奈何。博物院以卢佛宫（Louvre）为最大；这是就全世界论，不单就巴黎论。卢佛宫在加罗塞方场之东；主要的建筑是口字形，南头向西伸出一长条儿。这里本是一座堡垒，后来改为王宫。大革命后，各处王宫里的画，宫苑里的雕刻，都保存在此；改为故宫博物院，自然是很顺当的。博物院成立后，历来的政府都尽力搜罗好东西放进去；拿破仑从各国“搬”来大宗的画，更为博物院生色不少。宫房占地极宽，站在那方院子里，颇有海阔天空的意味。院子里养着些鸽子，成群地孤单地仰着头挺着胸在地上一步步地走，一点不怕人。撒些饼干面包之类，它们便都向你身边来。房子造得秀雅而庄严，壁上安着许多王公的雕像。熟悉法国历史的人，到此一定会发思古之幽情的。

卢佛宫好像一座宝山，蕴藏的东西实在太多，教人不知从哪儿说起好。画为最，还有雕刻，古物，装饰美术等等，真是琳琅满目。乍进去的人一时摸不着头脑，往往弄得糊里糊涂。就中最脍炙人口的有三件。一是达文齐的《蒙那丽沙》像，大约作于一五零五年前后，是觉孔达（Joconda）夫人的画像。相传达文齐这幅像画了四个年头，因为要那甜美的微笑的样子，每回“临像”的时候，总请些乐人弹唱给她听，让她高高兴兴坐着。像画好了，他却爱上她了。这幅画是佛兰西司第一手里买的，他没有准儿许认识那女人。一九一一年画曾被人偷走，但两年之后，到底从意大利找回来了。十六世纪中叶，意大利已公认此画为不可有二的画像杰作，作者在与造化争巧。画的奇处就在那一丝儿微笑上。那微笑太飘忽了，太难捉摸了，好像常常在变幻。这果然是个“奇迹”，不过也只是造形的“奇迹”罢了。这儿也有些理想在内；达文齐笔下夹带了一些他心目中的圣母的神气。近世讨论那微笑的可太多了。诗人，哲学家，有的是；他们都想找出点儿意义来。于是蒙那丽沙成为一个神秘的浪漫的人了；她那微笑成为“人狮（Sphinx）的凝视”或“鄙薄的讽笑”了。这大概是她与达文齐都梦想不到的吧。

二是米罗（Milo）《爱神》像。一八二零年米罗岛一个农人发见这座像，卖给法国政府只卖了五千块钱。据近代考古家研究，这座像当作于纪元前一百年左右。那两只胳膊都没有了；它们是怎么个安法，却大大费了一班考古家的心思。这座像不但有生动的形态，而且有温暖的骨肉。她又强壮，又清明；单纯而伟大，朴真而不奇。所谓清明，是身心都健的表象，与麻木不同。这种作风颇与纪元前五世纪希腊巴昔农（Panthenon）庙的监造人，雕刻家费铁亚司（Phidias）相近。因此法国学者雷那西（S. Reinach，新近去世）在他的名著《亚波罗》（美术史）中相信这座像作于纪元前四世纪中。他并且相信这座像不是爱神微那司而是海女神安非特利特（Amphitrite）；因为它没有细腻，缥缈，娇羞，多情的样子。三是沙摩司雷司（Samothrace）的《胜利女神像》。女神站在冲波而进的船头上，吹着一支喇叭。但是现在头和手都没有了，剩下翅膀与身子。这座像是还愿的。纪元前三零六年波立尔塞特司（Demetrius Poliorcetes）在塞勃勒司（Crpyus）岛打败了埃及大将陶来买（Ptolemy）的水师，便在沙摩司雷司岛造了这座像。衣裳雕得最好；那是一件薄薄的软软的衣裳，光影的准确，衣褶的精细流动；加上那下半截儿被风吹得好像弗弗有声，上半截儿却紧紧地贴着身子，很有趣地对照着。因为衣裳雕得好，才显出那筋肉的力量；那身子在摇晃着，在挺进着，一团胜利的喜悦的劲儿。还有，海风呼呼地吹着，船尖儿嗤嗤地响着，将一片碧波分成两条长长的白道儿。

卢森堡博物院专藏近代艺术家的作品。他们或新故，或还生存。这里比卢佛宫明亮得多。进门去，宽大的甬道两旁，满陈列着雕像等；里面却多是画。雕刻里有彭彭（Pompon）的《狗熊》与《水禽》等，真是大巧若拙。彭彭现在大概有七八十岁了，天天上动物园去静观禽兽的形态。他熟悉它们，也亲爱它们，所以做出来的东西神气活现；可是形体并不像照相一样地真切，他在天然的曲线里加上些小小的棱角，便带着点“建筑”的味儿。于是我们才看见新东西。那《狗熊》和实物差不多大，是石头的；那《水禽》等却小得可以供在案头，是铜的。雕像本有两种手法，一是干脆地砍石头，二是先用泥塑，再浇铜。彭彭从小是石匠，石头到他手里就像豆腐。他是巧匠而兼艺术家。动物雕像盛于十九世纪的法国；那时候动物园发达起来，供给艺术家观察，研究，描摹的机会。动物素描之成为画的一支，也从这时候起。院里的画受后期印象派的影响，找寻人物的“本色”（local colour），大抵是鲜明的调子。不注重画面的“体积”而注重装饰的效用。也有细心分别光影的，但用意还在找寻颜色，与印象派之只重光影不一样。

砖场花园的南犄角上有网球场博物院，陈列外国近代的画与雕像。北犄角上有奥兰纪利博物院，陈列的东西颇杂，有马奈（Manet，十九世纪法国印象派画家）的画与日本的浮世绘等。浮世绘的着色与构图给十九世纪后半法国画家极深的影响。摩奈（Monet）画院也在这里。他也是法国印象派巨子，一九二六年才过去。印象派兴于十九世纪中叶，正是照相机流行的时候。这派画家想赶上照相机，便专心致志地分别光影；他们还想赶过照相机，照相没有颜色而他们有。他们只用原色；所画的画近看但见一处处的颜色块儿，在相当的距离看，才看出光影分明的全境界。他们的看法是迅速的综合的，所以不重"本色"（人物固有的颜色，随光影而变化），不重细节。摩奈以风景画著于世；他不但是印象派，并且是露天画派（Pleinairiste）。露天画派反对画室里的画，因为都带着那黑影子；露天里就没有这种影子。这个画院里有摩奈八幅顶大的画，太大了，只好嵌在墙上。画院只有两间屋子，每幅画就是一堵墙，画的是荷花在水里。摩奈欢喜用蓝色，这几幅画也是如此。规模大，气魄厚，汪汪欲溢的池水，疏疏密密的乱荷，有些像在树荫下，有些像在太阳里。据内行说，这些画的章法，简直前无古人。

罗丹博物院在左岸。大战后罗丹的东西才收集在这里；已完成的不少，也有些未完成的。有群像，单像，胸像；有石膏仿本。还有画稿，塑稿。还有罗丹的遗物。罗丹是十九世纪雕刻大师；或称他为自然派，或称他为浪漫派。他有匠人的手艺，诗人的胸襟；他借雕刻来表现自已的情感。取材是不平常的，手法也是不平常的。常人以为美的，他觉得已无用武之地；他专找常人以为丑的，甚至于借重性交的姿势。又因为求表现的充分，不得不夸饰与变形。所以他的东西乍一看觉得“怪”，不是玩艺儿。从前的雕刻讲究光洁，正是“裁缝不露针线迹”的道理；而浪漫派艺术家恰相反，故意要显出笔触或刀痕，让人看见他们在工作中情感激动的光景。罗丹也常如此。他们又多喜欢用塑法，因为泥随意些，那凸凸凹凹的地方，那大块儿小条儿，都可以看得清楚。

克吕尼馆（Cluny）收藏罗马与中世纪的遗物颇多，也在左岸。罗马时代执政的宫在这儿。后来法兰族诸王也住在这宫里。十五世纪的时候，宫毁了，克吕尼寺僧改建现在这所房子，作他们的下院，是“后期戈昔”与“文艺复兴”的混合式。法国王族来到巴黎，在馆里暂住过的，也很有些人。这所房子后来又归了一个考古家。他搜集了好些古董；死后由政府收买，并添凑成一万件。画，雕刻，木刻，金银器，织物，中世纪上等家具，瓷器，玻璃器，应有尽有。房子还保存着原来的样子。入门就如活在几百年前的世界里，再加上陈列的零碎的东西，触鼻子满是古气。与这个馆毗连着的是罗马时代的浴室，原分冷浴热浴等，现在只看见些残门断柱（也有原在巴黎别处的），寂寞地安排着。浴室外是园子，树间草上也散布着古代及中世纪巴黎建筑的一鳞一爪，其中“圣处女门”最秀雅。

此外巴黎美术院（即小宫），装饰美术院都是杂拌儿。后者中有一间扇室，所藏都是十八世纪的扇面，是某太太的遗赠。十八世纪中国玩艺儿在欧洲颇风行，这也可见一斑。扇面满是西洋画，精工鲜丽；几百张中，只有一张中国人物，却板滞无生气。又有吉买博物院（Guimet），收藏远东宗教及美术的资料。伯希和取去敦煌的佛画，多数在这里。日本小画也有些。还有蜡人馆。据说那些蜡人做得真像，可是没见过那些人或他们的照相的，就感不到多大兴味，所以不如画与雕像。不过“隧道”里阴惨惨的，人物也代表着些阴惨惨的故事，却还可看。楼上有镜宫，满是镜子，顶上与周围用各色电光照耀，宛然千门万户，像到了万花筒里。

一九三二年春季的官“沙龙”在大宫中，顶大的院子里罗列着雕像；楼上下八十几间屋子满是画，也有些装饰美术。内行说，画像太多，真有“官”气。其中有安南阮某一幅，奖银牌；中国人一看就明白那是阮氏祖宗的影像。记得有个笑话，说一个贼混入人家厅堂偷了一幅古画，卷起夹在腋下。跨出大门，恰好碰见主人。那贼情急智生，便将画卷儿一扬，问道，“影像，要买吧？”主人自然大怒，骂了一声走进去。贼于是从容溜之乎也。那位安南阮某与此贼可谓异曲同工。大宫里，同时还有一个装饰艺术的“沙龙”，陈列的是家具，灯，织物，建筑模型等等，大都是立体派的作风。立体派本是现代艺术的一派，意大利最盛。影响大极了，建筑，家具，布匹，织物，器皿，汽车，公路，广告，书籍装订，都有立体派的份儿。平静，干脆，是古典的精神，也是这时代重理智的表现。在这个“沙龙”里看，现代的屋子内外都俨然是些几何的图案，和从前华丽的藻饰全异。还有一个“沙龙”，专陈列幽默画。画下多有说明。各画或描摹世态，或用大小文野等对照法，以传出那幽默的情味。有一幅题为《长褂子》，画的是夜宴前后客室中的景子：女客全穿短褂子，只有一人穿长的，大家的眼睛都盯着她那长出来的一截儿。她正在和一个男客谈话，似乎不留意。看她的或偏着身子，或偏着头，或操着手，或用手托着腮（表示惊讶），倚在丈夫的肩上，或打着看戏用的放大镜子，都是一副尴尬面孔。穿长褂子的女客在左首，左首共三个人；中央一对夫妇，右首三个女人，疏密向背都恰好；还点缀着些不在这一群里的客人。画也有不幽默的，也有太恶劣的；本来是幽默并不容易。

巴黎的坟场，东头以倍雷拉谢斯（Père Lachaise）为最大，占地七百二十亩，有二里多长。中间名人的坟颇多，可是道路纵横，找起来真费劲儿。阿培拉德与哀绿绮思两坟并列，上有亭子盖着；这是重修过的。王尔德的坟本葬在别处；死后九年，也迁到此场。坟上雕着个大飞人，昂着头，直着脚，长翅膀，像是合埃及的“狮人”与亚述的翅儿牛而为一，雄伟飞动，与王尔德并不很称。这是英国当代大雕刻家爱勃司坦（Epstein）的巨作；钱是一位倾慕王尔德的无名太太捐的。场中有巴什罗米（Bartholomé）雕的一座纪念碑，题为《致死者》。碑分上下两层，上层中间是死门，进去的两个人倒也行无所事的；两侧向门走的人群却牵牵拉拉，哭哭啼啼，跌跌倒倒，不得开交似的。下层像是生者的哀伤。此外北头的蒙马特，南头的蒙巴那斯两坟场也算大。茶花女埋在蒙马特场，题曰一八二四年正月十五日生，一八四七年二月三日卒。小仲马，海涅也在那儿。蒙巴那斯场有圣白孚，莫泊桑，鲍特莱尔等；鲍特莱尔的坟与纪念碑不在一处，碑上坐着一个悲伤的女人的石像。

巴黎的夜也是老牌子。单说六个地方。非洲饭店带澡堂子，可以洗蒸气澡，听黑人浓烈的音乐；店员都穿着埃及式的衣服。三藩咖啡看“爵士舞”，小小的场子上一对对男女跟着那繁声促节直扭腰儿。最警动的是那小圆木筒儿，里面像装着豆子之类。不时地紧摇一阵子。圆屋听唱法国的古歌；一扇门背后的墙上油画着蹲着在小便的女人。红磨坊门前一架小红风车，用电灯做了轮廓线；里面看小戏与女人跳舞。这在蒙巴特区。蒙马特是流浪人的区域。十九世纪画家住在这一带的不少，画红磨坊的常有。塔巴林看女人跳舞，不穿衣服，意在显出好看的身子。里多在仙街，最大。看变戏法，听威尼斯夜曲。里多岛本是威尼斯娱乐的地方。这儿的里多特意砌了一个池子，也有一支“刚朵拉”，夜曲是男女对唱，不过意味到底有点儿两样。

巴黎的野色在波隆尼林与圣克罗园里才可看见。波隆尼林在西北角，恰好在塞因河河套中间，占地一万四千多亩，有公园，大路，小路，有两个湖，一大一小，都是长的；大湖里有两个洲，也是长的。要领略林子的好处，得闲闲地拣深僻的地儿走。圣克罗园还在西南，本有离宫，现在毁了，剩下些喷水和林子。林子里有两条道儿很好。一条渐渐高上去，从树里两眼望不尽；一条窄而长，漏下一线天光；远望路口，不知是云是水，茫茫一大片。但真有野味的还得数枫丹白露的林子。枫丹白露在巴黎东南，一点半钟的火车。这座林子有二十七万亩，周围一百九十里。坐着小马车在里面走，幽静如远古的时代。太阳光将树叶子照得透明，却只一圈儿一点儿地洒到地上。路两旁的树有时候太茂盛了，枝叶交错成一座拱门，低低的；远看去好像拱门那面另有一界。林子里下大雨，那一片沙沙沙沙的声音，像潮水，会把你心上的东西冲洗个干净。林中有好几处山峡，可以试腰脚，看野花野草，看旁逸斜出，稀奇古怪的石头，像枯骨，像刺猬。亚勃雷孟峡就是其一，地方大，石头多，又是忽高忽低，走起来好。

枫丹白露宫建于十六世纪，后经重修。拿破仑一八一四年临去爱而巴岛的时候，在此告别他的诸将。这座宫与法国历史关系甚多。宫房外观不美，里面却精致，家具等等也考究。就中侍从武官室与亨利第二厅最好看。前者的地板用嵌花的条子板；小小的一间屋，共用九百条之多。复壁板上也雕绘着繁细的花饰，炉壁上也满是花儿，挂灯也像花正开着。后者是一间长厅，其大少有。地板用了二万六千块，一色，嵌成规规矩矩的几何图案，光可照人。厅中间两行圆拱门。门柱下截镶复壁板，上截镶油画；楣上也画得满满的。天花板极意雕饰，金光耀眼。宫外有园子，池子，但赶不上凡尔赛宫的。

凡尔赛宫在巴黎西南，算是近郊。原是路易十三的猎宫，路易十四觉得这个地方好，便大加修饰。路易十四是所谓“上帝的代表”，凡尔赛宫便是他的庙宇。那时法国贵人多一半住在宫里，伺候王上。他的侍从共一万四千人；五百人伺候他吃饭，一百个贵人伺候他起床，更多的贵人伺候他睡觉。那时法国艺术大盛，一切都成为御用的，集中在凡尔赛和巴黎两处。凡尔赛宫里装饰力求富丽奇巧，用钱无数。如金漆彩画的天花板，木刻，华美的家具，花饰，贝壳与多用错综交会的曲线纹等，用意全在教来客惊奇：这便是所谓“罗科科式”（Rococo）。宫中有镜厅，十七个大窗户，正对着十七面同样大小的镜子；厅长二百四十英尺，宽三十英尺，高四十二英尺。拱顶上和墙上画着路易十四打胜德国，荷兰，西班牙的情形，画着他是诸国的领袖，画着他是艺术与科学的广大教主。近十几年来成为世界祸根的那和约便是一九一九年六月二十八那一天在这座厅里签的字。宫旁一座大园子，也是路易十四手里布置起来的。看不到头的两行树，有万千的气象。有湖，有花园，有喷水。花园一畦一个花样，小松树一律修剪成圆锥形，集法国式花园之大成。喷水大约有四十多处，或铜雕，或石雕，处处都别出心裁，也是集大成。每年五月到九月，每月第一星期日，和别的节日，都有大水法。从下午四点起，到处银花飞舞，雾气沾人，衬着那齐斩斩的树，软茸茸的草，觉得立着看，走着看，不拘怎么看总成。海龙王喷水池，规模特别大；得等五点半钟大水法停后，让它单独来二十分钟。有时晚上大放花炮，就在这里。各色的电彩照耀着一道道喷水。花炮在喷水之间放上去，也是一道道的；同时放许多，便氤氲起一团雾。这时候电光换彩，红的忽然变蓝的，蓝的忽然变白的，真真是一眨眼。

卢梭园在爱尔莽浓镇（Ermenonville），巴黎的东北；要坐一点钟火车，走两点钟的路。这是道地乡下，来的人不多。园子空旷得很，有种荒味。大树，怒草，小湖，清风，和中国的郊野差不多，真自然得不可言。湖里有个白杨洲，种着一排白杨树，卢梭坟就在那小洲上。日内瓦的卢梭洲在仿这个；可是上海式的街市旁来那么个洲子，总有些不伦不类。

一九三一年夏天，“殖民地博览会”开在巴黎之东的万散园（Vincennes）里。那时每日人山人海。会中建筑都仿各地的式样，充满了异域的趣味。安南庙七塔参差，峥嵘肃穆，最为出色。这些都是用某种轻便材料造的，去年都拆了。各建筑中陈列着各处的出产，以及民俗。晚上人更多，来看灯光与喷水。每条路一种灯，都是立体派的图样。喷水有四五处，也是新图样；有一处叫“仙人球”喷水，就以仙人球做底样，野拙得好玩儿。这些自然都用电彩。还有一处水桥，河两岸各喷出十来道水，凑在一块儿，恰好是一座弧形的桥，教人想着走上一个水晶的世界去。

一九三三年六月三十日作。

公　园

□ 朱自清

英国是个尊重自由的国家，从伦敦海德公园（Hyde park）可以看出。学政治的人一定知道这个名字；近年日报的海外电讯里也偶然有这个公园出现。每逢星期日下午，各党各派的人都到这儿来宣传他们的道理。公说公有理，婆说婆有理，井水不犯河水。从耶稣教到共产党，差不多样样有。每一处说话的总是一个人。他站在桌子上，椅子上，或是别的什么上，反正在听众当中露出那张嘴脸就成；这些桌椅等等可得他们自己预备，公园里的长椅子是只让人歇着的。听的人或多或少。有一回一个讲耶稣教的，没一个人听，却还打起精神在讲；他盼望来来去去的游人里也许有一两个三四个五六个……爱听他的，只要有人驻一下脚，他的口舌就算不白费了。

见过一回共产党示威，演说的东也是，西也是；有的站在大车上，颇有点巍巍然。按说那种马拉的大车平常不让进园，这回大约办了个特许。其中有个女的约莫四十上下，嗓子最大，说的也最长；说的是伦敦土话，凡是开口音，总将嘴张到不能再大的地步，一面用胳膊助势。说到后来，嗓子沙了，还是一字不苟的喊下去。天快黑了，他们整队出园喊着口号，标语旗帜也是五光十色的。队伍两旁，又高又大的马巡缓缓跟着，不说话。出的是北门，外面便是热闹的牛津街。

北门这里一片空旷的沙地，最宜于露天演说家，来的最多。也许就在共产党队伍走后吧，这里有人说到中日的事；那时刚过“一·二八”不久，他颇为我们抱不平。他又赞美甘地；却与贾波林相提并论，说贾波林也是为平民打抱不平的。这一比将听众引得笑起来了；不止一个人和他辩论，一位老太太甚至嘀咕着掉头而去。这个演说的即使不是共产党，大约也不是“高等”英人吧。公园里也闹过一回大事：一八六六年国会改革的暴动（劳工争选举权），周围铁栏干毁了半里多路长，警察受伤了二百五十名。

公园周围满是铁栏干，车门九个，游人出入的门无数，占地二千二百多亩，绕园九里，是伦敦公园中最大的，来的人也最多。园南北都是闹市，园中心却静静的。灌木丛里各色各样野鸟，清脆的繁碎的语声，夏天绿草地上，洁白的绵羊的身影，教人像下了乡，忘记在世界大城里。那草地一片迷蒙的绿，一片芊绵的绿，像水，像烟，像梦；难得的，冬天也这样。西南角上蜿蜒着一条蛇水，算来也占地三百亩，养着好些水鸟，如苍鹭之类。可以摇船，游泳；并有救生会，让下水的人放心大胆。这条水便是雪莱的情人西河女士（Harridet Westbrook）自沉的地方，那是一百二十年前的事了。

南门内有拜伦立像，是五十年前希腊政府捐款造的；又有座古英雄阿契来斯像，是惠灵顿公爵本乡人造了来纪念他的，用的是十二尊法国炮的铜，到如今却有一百多年了。还有英国现负盛名的雕塑家爱勃司坦（Epstein）的壁雕，是纪念自然学家赫德生的。一个似乎要飞的人，张着臂，仰着头，散着发，有原始的朴拙犷悍之气，表现的是自然精神的化身；左右四只鸟在飞，大小旁正都不相同，也有股野劲儿。这件雕刻的价值，引起过许多讨论。南门内到蛇水边一带游人最盛。夏季每天上午有铜乐队演奏；在栏外听算白饶，进栏得花点票钱，但有椅子坐。游人自然步行的多，也有跑车的，骑马的；骑马的另有一条“马”路。

这园子本来是鹿苑，在里面行猎；一六三五年英王查理斯第一才将它开放，作赛马和竞走之用。后来变成决斗场。一八五一年第一次万国博览会开在这里，用玻璃和铁搭盖的会场；闭会后拆了盖在别处，专作展览的处所，便是那有名的水晶宫了。蛇水本没有，只有六个池子；是十八世纪初叶才打通的。

海德公园东南差不多毗连着的，是圣詹姆士公园（St.

James’s Park），约有五百六七十亩。本是沮洳的草地，英王亨利第八抽了水，砌了围墙，改成鹿苑。查理斯第二扩充园址，铺了路，改为游玩的地方；以后一百年里，便成了伦敦最时髦的散步场。十九世纪初才改造为现在的公园样子。有湖，有悬桥；湖里鹈鹕最多，倚在桥栏上看它们水里玩儿，可以消遣日子。周围是白金罕宫，西寺，国会，各部官署，都是最忙碌的所在；倚在桥栏上的人却能偷闲赏鉴那西寺和国会的戈昔式尖顶的轮廓，也算福气了。

海德公园东北有摄政公园，原也是鹿苑；十九世纪初“摄政王”（后为英王乔治第四）才修成现在样子。也有湖，摇的船最好；坐位下有小轮子，可以进退自如，滚来滚去顶好玩儿的。野鸽子野鸟很多，松鼠也不少。松鼠原是动物园那边放过来的，只几对罢了；现在却繁殖起来了。常见些老头儿带着食物到园里来喂麻雀，鸽子，松鼠。这些小东西和人混熟了，大大方方到人手里来吃食；看去怪亲热的。别的公园里也有这种人。这似乎比提鸟笼有意思些。

动物园在摄政园东北犄角上，属于动物学会，也有了百多年的历史。搜集最完备，有动物四千，其中哺乳类八百，鸟类二千四百。去逛的据说每年超过二百万人。不用问孩子们去的一定不少；他们对于动物比成人亲近得多，关切得多。只看见教科书上或字典上的彩色动物图，就够捉摸的，不用提实在的东西了。就是成人，可不也愿意开开眼，看看没看过的，山里来的，海里来的，异域来的，珍禽，奇兽，怪鱼？要没有动物园，或许一辈子和这些东西都见不着面呢。再说像狮子老虎，哪能随便见面！除非打猎或看马戏班。但打猎遇着这些，正是拼死活的时候，哪里来得及玩味它们的生活状态？马戏班里的呢，也只表演些扭捏的玩艺儿，时候又短，又隔得老远的；哪有动物园里的自然，得看？这还只说的好奇的人；艺术家更可仔细观察研究，成功新创作，如画和雕塑，十九世纪以来，用动物为题材的便不少。近些年电影里的动物趣味，想来也是这么培养出来的；不过那却非动物园所可限了。

伦敦人对动物园的趣味很大，有的报馆专派有动物园的访员，给园中动物作起居注，并报告新来到的东西；他们的通信有些地方就像童话一样。去动物园的人最乐意看喂食的时候，也便是动物和人最亲近的时候。喂食有时得用外交手腕，譬如鱼池吧，若随手将食撒下去，让大家来抢，游得快的，厉害的，不用说占了便宜，剩下的便该活活饿死了。这当然不公道，那一视同仁的管理人一定不愿意的。他得想法子，比方说，分批来喂，那些快的，厉害的，吃完了，便用网将它们拦在一边，再照料别的。各种动物喂食都有一定钟点，著名的裴歹克《伦敦指南》便有一节专记这个。孩子们最乐意的还有骑象，骑骆驼（骆驼在伦敦也算异域珍奇）。再有，游客若能和管理各动物的工人攀谈攀谈，他们会亲切地讲这个那个动物的故事给你听，像传记的片段一般；那时你再去看他说的那些东西，便更有意思了。

园里最好玩儿的事，黑猩猩茶会，白熊洗澡。茶会夏天每日下午五点半举行，有茶，有牛油面包。它们会用两只前足，学人的样子。有时“生手”加入，却往往只用一只前足，牛油也是它来，面包也是它来；这种虽是天然，看的人倒好笑了。白熊就是北极熊，从冰天雪地里来，却最喜欢夏天；越热越高兴，赤日炎炎的中午，它们能整个儿躺在太阳里。也爱下水洗澡，身上老是雪白。它们待在熊台上，有深沟为界；台旁有池，洗澡便在池里。池的一边，隔着一层玻璃可以看它们载浮载沉的姿势。但是一冷到华氏表五十度下，就不肯下水，身上的白雪也便慢慢让尘土封上了。

非洲南部的企鹅也是人们特别乐意看的。它有一岁半婴孩这么大，不会飞，会下水，黑翅膀，灰色胸脯子挺得高高的，昂首缓步，旁若无人。它的特别处就在乎直立着。比鹅大不多少，比鸵鸟，鹤，小得多，可是一直立就有人气，便当另眼相看了。自然，别的鸟也有直立着的，可是太小了，说不上。企鹅又拙得好，现代装饰图案有用它的。只是不耐冷，一到冬天，便没精打采的了。

鱼房鸟房也特别值得看。鱼房分淡水房海水房热带房（也是淡水）。屋内黑洞洞的，壁上嵌着一排镜框似的玻璃，横长方。每框里一种鱼，在水里游来游去，都用电灯光照着，像画。鸟房有两处，热带房里颜色声音最丰富，最新鲜；有种上截脆蓝下截褐红的小鸟，不住地飞上飞下，不住地咕咕呱呱，怪可怜见的。

这个动物园各部分空气光线都不错，又有冷室温室，给动物很周到的设计。只是才二百亩地，实在施展不开，小东西还罢了，像狮子老虎老是关在屋里，未免委屈英雄，就是白熊等物虽有特备的台子，还是局蹐得很；这与鸟笼子也就差得有限了。固然，让这些动物完全自由，那就无所谓动物园；可是若能给它们较大的自由，让它们活得比较自然些，看的人岂不更得看些。所以一九二七年上，动物学会又在伦敦西北惠勃司奈得（Whipsnade，Bed-fordshire）地方成立了一所动物园，有三千多亩；据说，那些庞然大物自如多了，游人看起来也痛快多了。

以上几个园子都在市内，都在泰晤士河北。河南偏西有个大大有名的邱园（Kew Gardens）。却在市外了。邱园正名“王家植物园”，世界最重要，最美丽的植物园之一；大一千七百五十亩，栽培的植物在二万四千种以上。这园子现在归农部所管，原也是王室的产业，一八四一年捐给国家；从此起手研究经济植物学和园艺学，便渐渐著名了。他们编印大英帝国植物志。又移种有用的新植物于帝国境内——如西印度群岛的波罗蜜，印度的金鸡纳霜，都是他们介绍进去的。园中博物院四所；第二所经济植物学博物院设于一八四八，是欧洲最早的一个。

但是外行人只能赏识花木风景而已。水仙花最多，四月尾有所谓“水仙花礼拜日”，游人盛极。温室里奇异的花也不少。园里有什么好花正开着，门口通告牌上逐日都列着表。暖气室最大，分三部：喜马拉耶室养着石楠和山茶，中国石楠也有，小些；中部正面安排着些大凤尾树和棕榈树；凤尾树真大，得仰起脖子看，伸开两胳膊还不够它宽的。周围绕着些时花与灌木之类。另一部是墨西哥室，似乎没有什么特别的东西。

东南角上一座塔，可不能上；十层，一百五十五尺，造于十八世纪中，那正是中国文化流行欧洲的时候，也许是中国的影响吧。据说还有座小小的孔子庙，但找了半天，没找着。不远儿倒有座彩绘的日本牌坊，所谓“敕使门”的，那却造了不过二十年。从塔下到一个人工的湖有一条柏树甬道，也有森森之意；可惜树太细瘦，比起我们中山公园，真是小巫见大巫了。所谓“竹园”更可怜，又不多，又不大，也不秀，还赶不上西山大悲庵那些。

一九三五年十二月十二日作。

松堂游记

□ 朱自清

去年夏天，我们和S君夫妇在松堂住了三日。难得这三日的闲，我们约好了什么事不管，只玩儿，也带了两本书，却只是预备闲得真没办法时消消遣的。

出发的前夜，忽然雷雨大作。枕上颇为怅怅，难道天公这么不做美吗！第二天清早，一看却是个大晴天。上了车，一路树木带着宿雨，绿得发亮，地下只有一些水塘，没有一点尘土，行人也不多。又静，又干净。

想着到还早呢，过了红山头不远，车却停下了。两扇大红门紧闭着，门额是国立清华大学西山牧场。拍了一会门，没人出来，我们正在没奈何，一个过路的孩子说这门上了锁，得走旁门。旁门上挂着牌子，“内有恶犬”。小时候最怕狗，有点趑趄。门里有人出来，保护着进去，一面吆喝着汪汪的群犬，一面只是说，“不碍不碍”。

过了两道小门，真是豁然开朗，别有天地。一眼先是亭亭直上，又刚健又婀娜的白皮松。白皮松不算奇，多得好，你挤着我我挤着你也不算奇，疏得好，要像住宅的院子里，四角上各来上一棵，疏不是？谁爱看？这儿就是院子大得好，就是四方八面都来得好。中间便是松堂，原是一座石亭子改造的，这座亭子高大轩敞，对得起那四围的松树，大理石柱，大理石栏干，都还好好的，白，滑，冷。白皮松没有多少影子，堂中明窗净几，坐下来清清楚楚觉得自己真太小，在这样高的屋顶下。树影子少，可不热，廊下端详那些松树灵秀的姿态，洁白的皮肤，隐隐的一丝儿凉意便袭上心头。

堂后一座假山，石头并不好，堆叠得还不算傻瓜。里头藏着个小洞，有神龛，石桌，石凳之类。可是外边看，不仔细看不出。得费点心去发现。假山上满可以爬过去，不顶容易，也不顶难。后山有座无梁殿，红墙，各色琉璃砖瓦，屋脊上三个瓶子，太阳里古艳照人。殿在半山，岿然独立，有俯视八极气象。天坛的无梁殿太小，南京灵谷寺的太黯淡，又都在平地上。山上还残留着些旧碉堡，是乾隆打金川时在西山练健锐云梯营用的，在阴雨天或斜阳中看最有味。又有座白玉石牌坊，和碧云寺塔院前那一座一般，不知怎样，前年春天倒下了，看着怪不好过的。

可惜我们来的还不是时候，晚饭后在廊下黑暗里等月亮，月亮老不上，我们什么都谈，又赌背诗词，有时也沉默一会儿。黑暗也有黑暗的好处，松树的长影子阴森森的有点像鬼物拿土。但是这么看的话，松堂的院子还差得远，白皮松也太秀气，我想起郭沫若君《夜步十里松原》那首诗，那才够阴森森的味儿——而且得独自一个人。好了，月亮上来了，却又让云遮去了一半，老远的躲在树缝里，像个乡下姑娘，羞答答的。从前人说："千呼万唤始出来，犹抱琵琶半遮面。"真有点儿！云越来越厚，由他罢，懒得去管了。可是想，若是一个秋夜，刮点西风也好。虽不是真松树，但那奔腾澎湃的"涛"声也该得听吧。

西风自然是不会来的。临睡时，我们在堂中点上了两三支洋蜡。怯怯的焰子让大屋顶压着，喘不出气来。我们隔着烛光彼此相看，也像蒙着一层烟雾。外面是连天漫地一片黑，海似的。只有远近几声犬吠，教我们知道还在人间世里。

一九三五年五月十五日。

曲阜孔庙

□ 梁思成

也许在人类历史中，从来没有一个知识分子像中国的孔丘（公元前 551 至 479 年）那样长期地受到一个朝代接着一个朝代的封建统治阶级的尊崇。他认为“一只鸟能够挑选一棵树，而树不能挑选过往的鸟”，所以周游列国，想找一位能重用他的封建主来实现他的政治理想，但始终不得志。事实上，“树”能挑选鸟；却没有一棵“树”肯要这只姓孔名丘的“鸟”。

他有时在旅途中绝了粮，有时狼狈到“累累若丧家之犬”；最后只得叹气说，“吾道不行矣！”但是为了“自见于后世”，他晚年坐下来写了一部《春秋》。也许他自己也没想到，他“自见于后世”的愿望达到了。正如汉朝的大史学家司马迁所说："春秋之义行，则天下乱臣贼子惧焉。"所以从汉朝起，历代的统治者就一朝胜过一朝地利用这"圣人之道"来麻痹人民，统治人民。尽管孔子生前是一个不得志的"布衣"，死后他的思想却统治了中国两千年。他的"社会地位"也逐步上升，到了唐朝就已被称为"大成至圣文宣王"，连他的后代子孙也靠了他的"余荫"，在汉朝就被封为"褒成侯"，后代又升一级做"衍圣公"。两千年世袭的贵族，也算是历史上仅有的现象了。这一切也都在孔庙建筑中反映出来。

今天全中国每一个过去的省城、府城、县城都必然还有一座规模宏大、红墙黄瓦的孔庙，而其中最大的一座，就在孔子的家乡——山东省曲阜，规模比首都北京的孔庙还大得多。在庙的东边，还有一座由大小几十个院子组成的"衍圣公府"。曲阜城北还有一片占地几百亩、树木葱幽、丛林密茂的孔家墓地——孔林。孔子以及他的七十几代嫡长子孙都埋葬在这里。

现在的孔庙是由孔子的小小的旧宅"发展"出来的。他死后，他的学生就把他的遗物——衣、冠、琴、车、书——保存在他的故居，作为"庙"。汉高祖刘邦就曾经在过曲阜时杀了一条牛祭祀孔子。西汉末年，孔子的后代受封为"褒成侯"，还领到封地来奉祀孔子。到东汉末桓帝时（公元153年），第一次由国家为孔子建了庙。随着朝代岁月的递移，到了宋朝，孔庙就已发展成三百多间房的巨型庙宇。历代以来，孔庙曾经多次受到兵灾或雷火的破坏，但是统治者总是把它恢复重建起来，而且规模越来越大。到了明朝中叶（16世纪初），孔庙在一次兵灾中毁了之后，统治者不但重建了庙堂，而且为了保护孔庙，干脆废弃了原在庙东的县城，而围绕着孔庙另建新城——“移县就庙”。在这个曲阜县城里，孔庙正门紧挨在县城南门里，庙的后墙就是县城北部，由南到北几乎把县城分割成为互相隔绝的东西两半。这就是今天的曲阜。孔庙的规模基本上是那时重建后留下来的。

自从萧何给汉高祖营建壮丽的未央宫，“以重天子之威”以后，统治阶级就学会了用建筑物来做政治工具。因为“夫子之道”是可以利用来维护封建制度的最有用的思想武器，所以每一个新的皇朝在建国之初，都必然隆重祭孔，大修庙堂，以阐“文治”；在朝代衰末的时候，也常常重修孔庙，企图宣扬“圣教”，扶危救亡。1935 年，国民党政府就是企图这样做的最后一个，当然，蒋介石的“尊孔”，并不能阻止中国人民的解放运动；当时的重修计划，也只是一纸空文而已。

由于封建统治阶级对于孔子的重视，连孔子的子孙也沾了光，除了庙东那座院落重重、花园幽深的“衍圣公府”外，解放前，在县境内还有大量的“祀田”，历代的“衍圣公”，也就成了一代一代的恶霸地主。曲阜县知县也必须是孔氏族人，而且必须由“衍圣公”推荐，“朝廷”才能任命。

除了孔庙的“发展”过程是一部很有意思的“历史记录”外，现存的建筑物也可以看作中国近八百年来的“建筑标本陈列馆”。这个“陈列馆”一共占地将近十公顷，前后共有八“进”庭院，殿、堂、廊、庑，共六百二十余间，其中最古的是金朝（1195 年）的一座碑亭，以后元、明、清、民国各朝代的建筑都有。

孔庙的八“进”庭院中，前面（即南面）三“进”庭院都是柏树林，每一进都有墙垣环绕，正中是穿过柏树林和重重的牌坊、门道的甬道。第三进以北才开始布置建筑物。这一部分用四个角楼标志出来，略似北京紫禁城，但具体而微。在中线上的是主要建筑组群，由奎文阁、大成门、大成殿、寝殿、圣迹殿和大成殿两侧的东庑和西庑组成。大成殿一组也用四个角楼标志着，略似北京故宫前三殿一组的意思。在中线组群两侧，东面是承圣殿、诗礼堂一组，西面是金丝堂、启圣殿一组。大成门之南，左右有碑亭十余座。此外还有些次要的组群。

奎文阁是一座两层楼的大阁，是孔庙的藏书楼，明朝弘治十七年（1504 年）所建。在它南面的中线上的几道门也大多是同年所建。大成殿一组，除杏坛和圣迹殿是明代建筑外，全是清雍正年间（1724 至 1730 年）建造的。

今天到曲阜去参观孔庙的人，若由南面正门进去，在穿过了苍翠的古柏林和一系列的门堂之后，首先引起他兴趣的大概会是奎文阁前的同文门。这座门不大，也不开在什么围墙上，而是单独地立在奎文阁前面。它引人注意的不是它的石柱和四百五十多年的高龄，而是门内保存的许多汉魏碑石。其中如史晨、孔宙、张猛龙等碑，是老一辈临过碑帖练习书法的人所熟悉的。现在，人民政府又把散弃在附近地区的一些汉画像石集中到这里。原来在庙西双相圃（校阅射御的地方）的两个汉刻石人像也移到庙园内，立在一座新建的亭子里。今天的孔庙已经具备了一个小型汉代雕刻陈列馆的条件了。

奎文阁虽说是藏书楼，但过去是否真正藏过书，很成疑问。它是大成殿主要组群前面“序曲”的高峰，高大仅次于大成殿；下层四周回廓全部用石柱，是一座很雄伟的建筑物。

大成殿正中供奉孔子像，两侧配祀颜回、曾参、孟轲等“十二哲”。它是一座双层瓦檐的大殿，建立在双层白石台基上，是孔庙最主要的建筑物，重建于清初雍正年间雷火焚毁之后，1730 年落成。这座殿最引人注意的是它前廊的十根精雕蟠龙石柱。每根柱上雕出“双龙戏珠”，“降龙”由上蟠下来，头向上；“升龙”由下蟠上去，头向下。中间雕出宝珠；还有云焰环绕衬托。柱脚刻出石山，下面莲瓣柱础承托。这些蟠龙不是一般的浮雕，而是附在柱身上的圆雕。它在阳光闪烁下栩栩如生，是建筑与雕刻相辅相成的杰出的范例。大成门正中一对柱也用了同样的手法。殿两侧和后面的柱子是八角形石柱，也有精美的浅浮雕。相传大成殿原来的位置在现在殿前杏坛所在的地方，是 1018 年宋真宗时移建的。现存台基的“御路”雕刻是明代的遗物。

杏坛位置在大成殿前庭院正中，是一座亭子，相传是孔子讲学的地方。现存的建筑也是明弘治十七年所建。显然是清雍正年间经雷火灾后幸存下来的。大成殿后的寝殿是孔子夫人的殿。再后面的圣迹殿，明末万历年间（1592 年）创建，现存的仍是原物，中有孔子周游列国的画石一百二十幅，其中有些出于名家手笔。

大成门前的十几座碑亭是金元以来各时代的遗物；其中最

古的已有七百七十多年的历史。孔庙现存的大量碑石中，比较特殊的是元朝的蒙汉文对照的碑和一块明初洪武年间的语体文碑，都是语文史中可贵的资料。

1959年，人民政府对这个辉煌的建筑组群进行修葺。这次重修，本质上不同于历史上的任何一次重修：过去是为了维护和挽救反动政权，而今天则是我们对于历史人物和对于具有历史艺术价值的文物给予应得的评定和保护。七月间，我来到了阔别二十四年的孔庙，看到工程已经顺利开始，工人的劳动热情都很高。特别引人注意的，是彩画工人中有些年轻的姑娘，高高地在檐下做油饰彩画工作，这是坚决主张重男轻女的孔丘所梦想不到的。

过去的“衍圣公府”已经成为人民的文物保管委员会办公的地方，科学研究人员正在整理、研究“府”中存下的历代档案，不久即可开放。

更令人兴奋的是，我上次来时，曲阜是一个颓垣败壁、秽垢不堪的落后县城，街上看到的，全是衣着褴褛、愁容满面的饥寒交迫的人。今天的曲阜，不但市容十分整洁，连人也变了，往来于街头巷尾的不论是胸佩校徽、迈着矫健步伐的学生，或是连唱带笑、蹦蹦跳跳的红领巾，以及徐步安详的老人……都穿得干净齐整。城外农村里，也是一片繁荣景象，男的都穿着洁白的衬衫，青年妇女都穿着印花布的衣服，在麦粒堆积如山的晒场上愉快地劳动。

庐山游记（节选）

□胡　适

昨夜大雨，终夜听见松涛声与雨声，初不能分别，听久了才分得出有雨时的松涛与雨止时的松涛，声势皆很够震动人心，使我终夜睡眠甚少。

早起雨已止了，我们就出发。从海会寺到白鹿洞的路上，树木很多，雨后青翠可爱。满山满谷都是杜鹃花，有两种颜色，红的和轻紫的，后者更鲜艳可喜。去年过日本时，樱花已过，正值杜鹃花盛开，颜色种类很多，但多在公园及私人家宅中见之，不如今日满山满谷的气象更可爱。因作绝句记之：

长松鼓吹寻常事，最喜山花满眼开。

嫩紫鲜红都可爱，此行应为杜鹃来。

到白鹿洞。书院旧址前清时用作江西高等农业学校，添有校舍，建筑简陋潦草，真不成个样子。农校已迁去，现设习林事务所。附近大松树都钉有木片，写明保存古松第几号。此地建筑虽极不堪，然洞外风景尚好。有小溪，浅水急流，铮淙可听；溪名贯道溪，上有石桥，即贯道桥，皆朱子起的名字。桥上望见洞后诸松中一松有紫藤花，直上到树杪，藤花正盛开，艳丽可喜。

白鹿洞本无洞。正德中，南康守王溱开后山作洞，知府何浚凿石鹿置洞中。这两人真是大笨伯!

白鹿洞在历史上占一个特殊地位，有两个原因。第一，因为白鹿洞书院是最早一个书院。南唐升元中（937—942）建为庐山国学，置田聚徒，以李善道为洞主。宋初因置为书院，与睢阳、石鼓、岳麓三书院并称为“四大书院”，为书院的四个祖宗。第二，因为朱子重建白鹿洞书院，明定学规，遂成后世几百年“讲学式”的书院的规模。宋末以至清初的书院皆属于这一种。到乾隆以后，朴学之风气已成，方才有一种新式的书院起来；阮元所创的诂经精舍、学海堂，可算是这种新式书院的代表。南宋的书院祀北宋周、邵、程诸先生；元明的书院祀程、朱；晚明的书院多祀阳明；王学衰后，书院多祀程、朱。乾、嘉以后的书院乃不祀理学家而改祀许慎、郑玄等。所祀的不同便是这两大派书院的根本不同。

朱子立白鹿洞书院在淳熙己亥（1179），他极看重此事，曾札上丞相说：

> 愿得比祠官例，为白鹿洞主，假之稍廪，使得终与诸生讲习其中，犹愈于崇奉异教香火，无事而食也。（《志》八，页二，引《洞志》）

他明明指斥宋代为道教宫观设祠官的制度，想从白鹿洞开一个儒门创例来抵制道教。他后来奏对孝宗，申说请赐书院额，并赐书的事，说：

> 今老、佛之宫布满天下，大都逾百，小邑亦不下数十，而公私增益势犹未已。至于学校，则一郡一邑仅置一区；附廓之县又不复有。盛衰多寡相悬如此！（同上，页三）

这都可见他当日的用心。他定的《白鹿洞规》，简要明白，遂成为后世七百年的教育宗旨。庐山有三处史迹代表三大趋势：（一）慧远的东林，代表中国“佛教化”与佛教“中国化”的大趋势。（二）白鹿洞，代表中国近世七百年的宋学大趋势。（三）牯岭，代表西方文化侵入中国的大趋势。

从白鹿洞到万杉寺。古为庆云庵，为“律”居，宋景德中有大超和尚手种杉树万株，天圣中赐名万杉。后禅学盛行，遂成“禅寺”。南宋张孝祥有诗云：

> 老干参天一万株，庐山佳处着浮图。
> 只因买断山中景，破费神龙百斛珠。
> （《志》五，页六十四，引《程史》）

今所见杉树，粗又如瘦碗，皆近年种的。有几株大樟树，其一为“五爪樟”，大概有三四百年的生命了；《指南》（编者按：指《庐山指南》）说“皆宋时物”，似无据。

从万杉寺西行约二三里，到秀峰寺。吴氏《旧志》无秀峰寺，只有开光寺。毛德琦《庐山新志》（康熙五十九年成书。我在海会寺买得一部，有同治十年，宣统二年，民国四年补版。我的日记内注的卷页数，皆指此本）说：

> 康熙丁亥（1707）寺僧超渊往淮迎驾，御书秀峰寺赐额，改今名。

开先寺起于南唐中主李璟。李璟年少好文学，读书于庐山；后来先主代杨氏而建国，李璟为世子，遂嗣位。他想念庐山书堂，遂于其地立寺，因为开国之祥，故名为开先寺，以绍宗和尚主之。宋初赐名开先华藏；后有善暹，为禅门大师，有众数百人。至行瑛，有治事才，黄山谷称“其材器能立事，任人役物如转石于千仞之溪，无不如意。”行瑛发愿重新此寺。

开先之屋无虑四百楹，成于瑛世者十之六，穷壮极丽，迄九年乃即功。（黄庭坚《开先禅院修造记》，《志》五，页十六至十八）

此是开先极盛时。康熙间改名时，皇帝赐额，赐御书《心经》，其时“世之人无不知有秀峰”（郎廷极《秀峰寺记》，《志》五，页六至七）。其时也可称是盛世。到了今日，当时所谓“穷壮极丽”的规模只剩败屋十几间，其余只是颓垣废址了。读书台上有康熙帝临米芾书碑，尚完好；其下有石刻黄山谷书《七佛偈》，及王阳明正德庚辰（1520）三月《纪功题名碑》，皆略有损坏。

寺中虽颓废令人感叹，然寺外风景则绝佳，为山南诸处的最好风景。寺址在鹤鸣峰下，其西为龟背峰，又西为黄石岩，又西为双剑峰，又西南为香炉峰，都嵚奇可喜。鹤鸣与龟背之间有马尾泉瀑布，双剑之左有瀑布水；两个瀑泉遥遥相对，平行齐下，下流入壑，汇合为一水，迸出山峡中，遂成最著名的青玉峡奇景。水流出峡，入于龙潭。昆山与祖望先到青玉峡，徘徊不肯去，叫人来催我们去看。我同梦旦到了那边，也徘徊不肯离去。峡上石刻甚多，有米芾书“第一山”大字，今钩摹作寺门题榜。

徐凝诗“今古长如白练飞，一条界破青山色”，即是咏瀑布水的。李白《瀑布泉》诗也是指此瀑。《旧志》载瀑布水的诗甚多，但总没有能使人满意的。

由秀峰往西约十二里，到归宗寺。我们在此午餐，时已下午三点多钟，饿的不得了。归宗寺为庐山大寺，也很衰落了。我向寺中借得《归宗寺志》四卷，是民国甲寅先勤本坤重修的，用活字排印，错误不少，然可供我的参考。

我们吃了饭，往游温泉。温泉在柴桑桥附近，离归宗寺约五六里，在一田沟里。雨后沟水浑浊，微见有两处起水泡，即是温泉。我们下手去试探，一处颇热，一处稍减。向农家买得三个鸡蛋，放在两处，约七八分钟，因天下雨了，取出鸡蛋，内里已温而未熟。田陇间有新碑，我去看，乃是星子县的告示，署民国十二年，中说，接康南海先生函述在此买田十亩，立界碑为记的事。康先生去年死了。他若不死，也许能在此建立一所浴室，他买的地横跨温泉的两岸。今地为康氏私产，而业归海会寺管理，那班和尚未必有此见识作此事了。

此地离栗里不远，但雨已来了，我们要赶回归宗，不能去寻访陶渊明的故里了。道上是一石碑，有“柴桑桥”大字。《旧志》已说，“渊明故居，今不知处”（四，页七）。桑乔疏说，去柴桑桥一里许有渊明的醉石。《旧志》又说，醉石谷中有五柳馆，归去来馆。归去来馆是朱子建的，即在醉石之侧。朱子为手书颜真卿《醉石诗》，并作长跋，皆刻石上，其年月为淳熙辛丑（1181）七月（四，页八）。此二馆今皆不存，醉石也不知去向了。庄百俞先生《庐山游记》说他曾访醉石，乡人皆不知。记之以告后来的游者。

今早轿上读《旧志》所载宋周必大《庐山后录》，其中说他访栗里，求醉石，土人直云，“此去有陶公祠，无栗里也。”（十四，页十八）。南宋时已如此，我们在七百年后更不易寻此地了，不如阙疑为上。《后录》有云：

尝记前人题诗云：

五字高吟酒一瓢，庐山千古想风标。
至今门外青青柳，不为东风肯折腰。

惜乎不记其姓名。

我读此诗，忽起一感想：陶渊明不肯折腰，为什么却爱那最会折腰的柳树？今日从温泉回来，戏用此意作一首诗：

陶渊明同他的五柳

当年有个陶渊明，不惜性命只贪酒。
骨硬不能深折腰，弃官回来空两手。
瓮中无米琴无弦，老妻娇儿赤脚走。
先生吟诗自嘲讽，笑指篱边五株柳：
“看他风里尽低昂！这样腰肢我无有。”

晚上在归宗寺过夜。

今津纪游

□ 郭沫若

“不识庐山真面目，只缘身在此山中。”

我们人类好像都有种骛远性。当代的天才，每每要遭世人白眼。意大利诗圣但丁，生时见逐于故国，流离终老，死后人始争以得葬其骸骨为地方之荣。俄国文豪杜斯妥逸夫司基，生时亦受尽流离颠沛窘促之苦，死后国人始争为流涕以尽哀。这种要算是时间上的骛远性了。空间上的骛远性，我把我自己来举个例罢。我是生长在峨眉山下的人，在家中过活了十多年，却不曾攀登过峨眉山一次。如今身居海外，相隔万余里了，追念起故乡的明月，渴想着山上的风光，昨夜梦中，竟突然飞上了峨眉山顶，在月下做起了诗来。

不再扯远了。我来福冈市，已经将近四年。此地的博多海湾，是六百四十年前，元军第二次东征时全军覆没的地点。当时日人在博多沿岸各处要隘之地筑垒抵御。九年前在东京一高听讲日本历史的时候，早听说福冈市西今津地方，尚有一片防垒残存，为日本历史上有名的史迹。当时早恨不得飞到今津去踏访，凭吊蒙古人“马蹄到处无青草”的战地。

我在民国二年末初到日本的时候，是由火车穿过万里长城从朝鲜渡海而来。火车过山海关时，在车中望见山上蜿蜒着的城垒，早曾叹服古人才力之伟大，而今人碌碌无能。后日读雷沫尔（P.Remer）所著德国的诗人利林克龙（Liliencron）传，叙他晚年在北海配尔屋牟岛（Pellworm）上做堤防总督的时候，每在暴风咆哮的深夜，定然在高堤上，临风披襟，向着汹涌的狂涛，高叫出他激越的诗调。我受了他这种凯旋将军般的态度之感发，我失悔我穿过万里长城的时候，何不由山海关下车登高壮观，招吊秦皇蒙恬之魂魄？我至今还在渴望……唉！这也算是一种骛远性的适例了。我在福冈住了将近四年，守着有座“元寇防垒”在近旁，我却不曾去凭吊过一回，又在渴想着踏破万里长城呢！

元寇防垒，日人所高调赞奖的“护国大堤”，在我想像中以为定可以与我国的万里长城差堪伯仲。守此而不登，岂不是骛远性之误人乎？

今晨八点钟，早早跑上学校里去，不料第一点钟的内科讲义才是休讲，好像是期待着要搭乘的火车，突然迟延了一样，我反而没有法子来把这一点钟空时间消遣。我没精打采地走进图书馆，把一两礼拜前的新闻纸随手翻阅，觉得太无聊了。我想起今日的课程，都是不愿意上的，只有午后两点钟以后的检眼实习是不能不出席，我何不走到个什么地方去，利用我这半日的光阴，或者我亲爱的自然，还会赐我以许多的灵感。

市外的西公园，自从前三月田寿昌来访我时，我们曾同去游逛过一次以来，我已两年不去了。虽然不是开樱花的时候，园内有些梅花，定已渐渐开放，能在这样晴好的天气中，坐在那园中高处，看望太阳光下的海波，也正是无上的快心乐事。不错，我便往西公园去罢！我才一动念，我的两脚已把个挟着书包的我运出了校门。我竟成为电车的乘客了。

电车西行，有三十分钟的光景，到了西公园。我下车徐徐向园门步去。别的同学都是挟着书包向着东行，我一人却是挟着书包向着西走，我又穿的是制服，戴的是制帽，行路的人好像都在投一种诧异的眼光向我。我不是磨房的马，定要瞎着眼睛受人驱使吗？你们难道不要我有自由意志！怀着一种无谓的反抗心，我还没有走到园门，骛远性突然又抬起头来。西公园离今川桥只有一区的电车，到了今川桥，再坐几站轻便火车，便可以达到今津。走熟了的地方有什么意思哟？“元寇防垒”！“护国大堤”！蒙古人“马蹄到处无青草”的古战场！去罢！去罢！去学利林克龙披襟怒吼！

我又坐上了电车。没有几分钟的光景，电车已经到了终点。我从今川桥下车，往轻便铁道的驿站——名目虽叫驿站，但只是街面上的一家铺口代办的——上去买车票。我检查我的钱包，只有五十钱（一钱合我国铜元一枚）的一张纸币。

——“往今津的车票要多少钱？”

——“要二十四钱。”

——“请把一张来回票给我。”

——“要四十八钱。”

我把纸币给了卖票的，他把了十六区的车票给我，找了我两个铜板。原来轻便火车的车票，也还是同市内电车的一样，是分区零买的，他指示着车票的站名向我说：从此处到今宿，是八站路，一站四钱，从今宿再坐渡船才能到今津。

我问：渡船钱要多少？

他说：要三钱。

我听着吃了一惊，我手中只有两个铜板了，今天的计划，不是完全归了水泡吗？我急忙在衣包中收寻，另外又才寻出一个五钱的白铜小币。啊，好个救星！这要算是在沙摸中绝了水的商队，突然遇着了 oasis（沙漠中膏腴之地）了！驿站中待车的人很多，火车要到十点钟的时候才能开到。

日本人说到我们中国人之不好洁净，说到我们中国街市的不整饬，就好像是世界第一。其实就是日本最有名的都会，除去几条繁华的街面，受了些西洋文明的洗礼外，所有的侧街陋巷，其不洁净、不整饬之点也还是不愧为东洋第一的模范国家。风雨便是日本街道的最大仇人。一下雨，全街都是泥淖淋漓；一刮风，又要成为灰尘世界。又聪明又经济的日本国民常常辇些细碎的石子来面在街上，利用过往行人的木板拖鞋作为碾地机的代用。隔不许久，石子又要变成了灰尘，又要变成了泥浆了。驿前的街道，正是石子专横的时代。街心的四条铁轨，差不多要埋没在泥土中了。街檐下的水沟，水积不流，昏白的浆水中含混着铜绿色的水垢，就好像消化不良的小儿的粪便一样。驿旁竟公然有位妇人在水沟上搭一地摊，摊上堆一大堆山榛，妇人跪在地上烧卖。这种风味，恐怕全世界中，只有五大强国之一的日本国民才能领略了。

坐在站中，望着外面杂沓喧阗的街市，无端地发出了这段敌忾心来，中日两国互相轻蔑的心理，好像成了慢性的疾患，真是无法医治呢。

人总是不宜好的动物。金钱一富裕的时候，总要涌出些奢侈欲望来。我无意识中又在一个衣包之内搜出了一张五十钱的纸币，我好像立地成了位大富翁一般。火车轮船要运转时，煤烟是不可缺少的原动力；人要去旅行时，纸烟也当然不可缺少。我便花了八个铜板，买了一包纸烟，一匣洋火，便在驿站中吹云吐雾起来。可怜吹吐还不上半支，我的脑中早已昏昏蒙蒙了。滚蛋罢！我含着几分可惜的意思，把剩下的半支纸烟，愤恨地投在水沟里去。丑恶的奢侈欲望的尸骸，还在混水中熏蒸了一会残喘。

小小的火车头，拖了两乘坐车走来，肮脏的程度，比上海“大众可坐”的三等电车，恐怕还要厉害。车中拥挤得不堪，如像才开封的一匣洋火。我上车得早，在一只角上幸好寻得一个座位，但可恨不客气的一位乡下人，竟来加上楔头，坐到我左脚的大腿上，我好像楚项羽陷入垓下的重围，就使有拔山之力，也只好徒唤奈何了。

汽笛放起猫叫声，火车已经开动起来。

过了一个停车场，两面的街市，已经退尽，玻璃窗外开展出一片田野，田地尚多裸身，有的已抽出麦苗，长已四五寸了。远山在太阳光中燃烧，又好像中了酒的一样。太阳隔窗照到我的颈子上来热腾腾地。车上坐的多是职工中人，指点沿线的各处小小的工场，和着车轮的噪音，高谈阔论，可惜谈吐多不可辨。

又过了两个停车场，车上渐渐稀疏了。到了一个小小的村落，村前竟公然有座电影戏馆，戏目的帘子立在馆前，怪刺目地挂着种种看板画。出村，车入松林中。检看票上站名，知是“生之松原”。松原一面沿海，从树干间可以看出青青的海色，点点的明帆，昏昏的岛影。我心中也生出了几分旅行的兴趣。背海一面，树甚深远，只除无数退走的树干外，别无所见。在这种晴和的天气，能偕个燕婉的女友，在那松林中散步谈心，怕更会是件无上的快心乐事了。

林中车行十多分钟的光景，走出海岸上来了。海水一片青碧，海天中有几只白鸥，作种种峻险的无穷曲线，盘旋飞舞。有的突然飞下海面，掠水而飞，飞不多远，又突然盘旋到空中消去。

火车到了今宿站。

我从今宿下车，问明了渡船的所在。从今宿市中穿过，又向西走入一松林中，松林无人，阳光洒地，可惜没有燕婉的佳伴偕行，只有我自己的影儿在随着我走。啼鸟在空中清啭。走过松林，又走到一座小小村落，街檐下有些中年以上的妇人，席地，坐在太阳光中缝纫。出村，又走到海岸上来，临海一家摆渡人家静立在一座浅峰之下。渡船已开，我只得坐在岸上等待。渡家中的时钟，已经十一点过了。时间不可不利用，我早就受了自然的窘迫的要求，我不得不在这个时间内应命了。我便转人渡家后的厕所中去。

我踞在厕所中，一面应着自然的要求，一面想起前两天B君向我所说的南洋的风俗谈来——B君哟！我在这种地方追念起你来，你恕我的这个大大的失礼罢！

B君说：南洋地方大小便所，都是立在河边，放出的大小便听着流水冲去。日本人的便房叫“河屋”（knwaya），这正是日本民族南来的一个证明。

厕所中有许多猥亵的壁画，这是日本全国厕所中的通有现象。善于保存壁画的日本史学家哟！这种极无名的恋爱艺术家的表现艺术，于民族风俗史上，也大有保存的必要呢！

无端中又得出一个恋爱的定义来：

“恋爱者何？是一种自然的要求，如像大小便一般，不得不逼人去走肮脏的所在者也。”

笑话！笑话！在这壁画蔚然的“艺术之宫”再沉吟得一会儿的时候，渡船怕又要开走了！

今津是在系岛郡上。系岛原来不是海岛，是与陆地相连。

渡船在海湾中过渡，海水异常清澈，好像是西子湖水一样。因为没有带张地图来，上了岸后，竟把地方走错。问了多少行人，走了多少枉路，我才走到了今津。今津村上也怕有两三百户人家，我在村中旋来旋去，只想朝外海边走，却只在村中盘旋。最后走到一家卖花邮片的铺店门口，我便买了几张今津史迹的花邮片，有一张是“胜福寺的蟠龙松”，有一张是“元寇歼灭碑”，有一张就是“元寇防垒”了。我见了元寇防垒配绘片，我不禁大失所望。啊！这就是“护国的大堤元寇防垒”了吗？一条乱杂的矮矮石堤在我国乡村中沟道两旁随处都可以寻出。纵使有真正的利林克龙走来，站在这种大堤上，恐怕也吼不出甚么激越的诗调来了。

店主人为我指示胜福寺的所在，近在店旁，叫我去看蟠龙松。

蟠龙松是几百年前的古物，今年正月间日本政府有指定为天然纪念物的消息。关于此树，有一浪漫谛克的口碑流传。说是六百年前征夷大将军足利尊氏（Ashikaga Takauchi）来到九州的时候，仰慕胜福寺开山临济宗大觉禅师盛名，亲来拜访。禅师旁乃有一窈窕的婵娟侍坐。尊氏大惊，怒骂禅师品性恶劣。禅师自若，而美人惭愤，跳入庭前池水中，化为大蛇，蟠松而逝。

外史氏曰：迂哉！迂哉！足利尊氏也！不知色即是空，空即是色。

迂哉！迂哉！侍侧之美人也！不知种种声闻，都如泡影。

这种无稽的传说，总觉有种葱茏的诗意，引人入魔，但是我守着皎皎的太阳当头，护国的大堤还不曾到眼，午后两点钟起还有检眼实习，我没有在梦境中低徊的余裕。

我谢了店主人的殷勤，出村又穿过一带松原，我终竟走到我最后的目的地点。松林外沿海一带沙堤，上有乱石狼藉，我把绘片中的光景同实物比较，我才知道这就是所谓“护国的大堤”！冤哉！冤哉！浪漫谛克的骛远性之误人也！但是周遭的自然风物倒还足以偿我这半日的足劳。我坐在乱石上，在防垒绘片背面写了一段印象记来。

——堤长不过百丈。堤上狼藉些极不规则的乱石，大者如人胸廓，小者如人头者。中段自沙中露出之石垣，最高处仅及股臀关节。堤前为海湾，堤后为松林，有小鸟在松林中啼叫。海风清爽。右手有高峰突起如狮头，树木甚苍翠。海湾中水色青碧，微有涟漪，志贺岛横陈在北，海中道一带白色沙岸，了然可见。西北亦有两小岛，不知名。海湾左右有岩岸环抱，右岸平削如屏，左有峰峦起伏。正北湾口，海雾蒙蒙，中有帆影，外海不可见。天际一片灰色的暗云，其上又有一片白色卷层云，又其上天青如海。

太阳当头，已是正午时候。

堤前沙岸，浅草衰黄。有长椭小蝇在日光中飞绕，无力。

茅屋几椽，已颓圮，疑是渔人藏舟之处。

——邮片已写满了，在那平如明镜的海上，元舰四千艘，元军十万余人，竟会于一夜之间，突然为暴风所淹没，不可抗的终是自然之伟力了。我又想到了杜牧之咏赤壁的一诗。

折戟沉沙铁未消，自将磨洗认前朝。

东风不与周郎便，铜雀春深锁二乔。

在堤前沉吟了一回，又想于无意中或者也可以寻得出一枝沉沙的折戟，折戟虽没有，倒寻到了一个雪白的大椎骨，左右两横突起，开张如蝶翅，上关节突起，前面又无肋骨关节面，我断定它是牛脊的腰椎骨。这是个绝好的纪游纪念品了，或者便是元军载来的水牛残骨，也说不定。我把来包在书包里面，又想去登上那右手的狮头峰。

狮头峰余势，当狮体之尾骶上有一段平坦高原，上有一碑，碑题“元寇歼灭之处”五字。碑前有纪名铜柱，上题“大正四年十一月建”（大正四年即一九一五年）。碑下有石栏环绕，周围有几处竹栏，各围浅松一株，是些贵族、华族的纪游品。坐石栏上四望，三面均被海水湾环，只有防垒后的一带松原低地几于与水面齐平，此地在千年之前，当然是绝立的孤岛，系岛郡之名可以推见。所谓护国的大堤，或者只是防水的水堤，也是不能说定。转入碑后，碑后亦有“大正四年十一月建”等字样。

舍碑，向山脊行去，山路高低不平，渐登，气渐促，喉嗓渴不可耐，失悔来时不曾买些橘子。登山决不是件乐事，以为怕要到峰顶了，山路一转，峰顶依然还在上头。如此屡受欺骗，亦只得鼓舞余勇而登，热，汗流，渴，气促，心搏亢进，筋力疲劳，好像得了心脏病的一样。山外的风物再也莫有余暇盼恋。遇山樵数人，新伐的樵木放出一种浓重的木香。将至绝顶，有小小一座神社，壁上挂着许多还愿的画马。纪游者的芳名，题满外壁。在神社前坐息。勇猛的心脏，几乎要从口中跳了出来。心气渐渐平复了，我又才走上狮子头去。狮头临海，古松森森，秃石累累，俯瞰海湾，青如螺黛。有渔舟一只，长仅尺许，有两人在舟中垂钓。唐人太上隐者有《答人》一诗。

偶来松下坐，高枕石头眠。
山中无历日，寒尽不知年。

他这第一句，我实际办到了；第三句，我也实际办到了，因为我是没有带表来的。但是我的懒惰工夫，却还没有到高枕无忧、忘年忘命的程度。我午后二时起，还有两点钟的检眼实习是不能不出席的，我看见日脚偏西，纵使有现存的石头可枕，我的脚也不肯唯唯听命了。

我正站立起来，打算要走，突然前面垂岩下腾出一种欢呼，使我大吃一惊。上来的是两位工人。他们从我身旁擦身过时，我的心脏还兀兀地在跳。我又起了一种好奇心，决意从那两位工人登上的来路走下山去。路极险隘，攀援树枝而下，路尽处，才又折到来时所过的神社面前，两个工人已经在那儿休息着了。此次怕他们也不免吃了一惊罢？一人向我乞火，我把火柴给了他。啊，这两个工人，假使是两位处子的时候呀，这不是段绝好的佳话吗？就好像卢梭在安奴西山中与雅丽、恪拉芬里德两少女邂逅相遇，就好像郑交甫在江干遇着江妃，那岂不是不枉了我今日的此行了吗？……

古人说：从善如登，从恶如崩。其实我从登山的经验上看来，倒是从恶如登，从善如崩了。我此处所谓善恶，不消说是以心境的快不快为标准。人不是那么容易为恶的，受尽种种良心上的制裁，做出一种恶事，心里所受的不快，怕与登山时的苦楚无甚增减。偶尔做出一件善事，心里所生的快感，也怕和这下山的快感无甚损益。

上山时那么困苦，几乎如像害了一场大病；一到下山，就好像在滑冰的一样，周围的景色应接不暇，来时的道路亦了如指掌。飞，飞，飞，我身轻如鸟，听凭山道的倾斜，把我滑下山来，真是舒服，真是舒服，只可惜喉嗓终是有几分渴意。

取捷径趋向渡头，渡船又已开了。在渡头近旁小店中，买了一瓶荷兰水。啊，甘露！甘露！瞥眼看见店内的挂钟，已经是午后二时了，完全出乎意料之外。早知是这样，我又何苦那么着忙呢？恨不曾往胜福寺内凭吊婵娟之魂，恨不曾在狮子山巅高枕石头一睡！

坐店的是一位不满二十的女子，B君——又是B君，B君哟！你恕我不客气，滥引你的雅言了！你说："只要是处子，便是美人。"不消说这位坐店的也是美人了。我又向她买了十钱的饼干，她称的分两，分外足实呢！我说：十钱的饼干真是不少！她微微地向着我笑。

有匹黑花的白狮子狗儿坐在街心看我吃饼干，好像很有几分垂涎的意思。我便投了一个给它，它才兀的惊立起来，哼哼地向我恨了两声走了。它怕把那个饼干当成了小石子罢？这位狮子狗儿，我佩服它有些道德家的气质。打起金字招牌的道德家者流，突然看见赤裸裸地纯真无饰的艺术品时，有不反射地唁唁狂吠的吗？对不住！对不住！天下的道德家哟！天下的狮子狗儿哟！恕罪，恕罪！

午后的海水，又是一般气象了。好像圆熟了的艺术家的作品，激越的动摇，烘腾的气势虽然没有，但总有一种沉静的诗情荡漾在上面。潮水渐渐消退了。渡船将要到岸时，突然搁起浅来。此时对面又开出一只渡船，船缘上坐着两个女子，梳的是最新流行的“七三分”头，一个披着白色的毛织披肩，一个披的是狐皮。她们本是背我坐着的，紧相依傍。她们看见我们的坐船搁浅，都偏过头来。我的视线同她们觌面相值。啊，这真是郑交甫遇着江妃，卢梭遇着雅丽、恪拉芬里德了！要是她们的船搁了浅的时候，我定要跳下水去，就如像卢梭涉水至膝，替雅、恪二姑娘牵马渡溪的一样，把她们的坐船推动起走。是夕阳光线的作用吗？还是她们看破了我的隐意呢？她们的眼眸中总觉得有几分羞涩的意思。我真羡慕卢梭！他真幸福！他替雅、恪二姑娘牵马渡溪之后，被二女殷勤招待，骑在恪姑娘马后，紧抱着她，同到初奴别邸燕欢一日。他在花园中攀树折樱桃投向她们，她们又反把桠枝投向树上去打他。他在雅姑娘手上亲了一吻，雅姑娘也没有生气，啊，幸福的卢梭呀！……

船动了！不要再空咽馋涎了罢！

浪漫谛克的梦游患者哟！淡淡的月轮在空中发笑了！

十一年二月十日。

访沈园

□ 郭沫若

一

绍兴的沈园，是南宋诗人陆游写《钗头凤》的地方。当年著名的林园，其中一部分已经辟为“陆游纪念室”。

二

《钗头凤》的故事，是陆游生活中的悲剧。他在二十岁时曾经和他的表妹唐琬（蕙仙）结婚，伉俪甚笃。但不幸唐琬为陆母所不喜，二人被迫离析。

十余年后，唐琬已改嫁赵家，陆游也已另娶王氏。一日，陆游往游沈园，无心之间与唐琬及其后夫赵士程相遇。陆既未忘前盟，唐亦心念旧欢。唐劝其后夫遣家童送陆酒肴以致意。陆不胜悲痛，因题《钗头凤》一词于壁。其词云：

红酥手，黄縢酒，满城春色宫墙柳。东风恶，欢情薄，一怀愁绪，几年离索。错，错，错。

春如旧，人空瘦，泪痕红浥鲛绡透。桃花落，闲池阁，山盟虽在，锦书难托。莫，莫，莫。

这词为唐琬所见，她还有和词，有“病魂常似秋千索”，“怕人寻问，咽泪装欢，瞒，瞒，瞒”等语。和词韵调不甚谐，或许是好事者所托。但唐终抑郁成病，至于夭折。我想，她的早死，赵士程是不能没有责任的。

四十年后，陆游已经七十五岁了。曾梦游沈园，更深沉地触动了他的隐痛。他又写了两首很哀惋的七绝，题目就叫《沈园》。

城上斜阳画角哀，沈园非复旧池台。伤心桥下春波绿，曾是惊鸿照影来。

梦断香消四十年，沈园柳老不吹绵。此身行作稽山土，犹吊遗踪一泫然。

这是《钗头凤》故事的全部，是很动人的一幕悲剧。

三

十月二十七日我到了绍兴，留宿了两夜。凡是应该参观的地方，大都去过了。二十九日，我要离开绍兴了。清早，争取时间，去访问了沈园。

在陆游生前已经是“非复旧池台”的沈园，今天更完全改变了面貌。我所看到的是一片田圃。有一家旧了的平常院落，在左侧的门楣挂着一个两尺多长的牌子，上面写着“陆游纪念室（沈园）”字样。

大门是开着的，我进去看了。里面似乎住着好几家人。只在不大的正中的厅堂上陈列着有关陆游的文物。有陆游浮雕像的拓本，有陆游著作的木板印本，有当年的沈园图，有近年在平江水库工地上发现的陆游第四子陆子坦夫妇的圹记，等等。我跑马观花地看了一遍，又连忙走出来了。

向导的同志告诉我：“在田圃中有一个葫芦形的小池和一个大的方池是当年沈园的故物。”

我走到有些树木掩荫着的葫芦池边去看了一下，一池都是苔藻。池边有些高低不平的土堆，据说是当年的假山。大方池也远远望了一下，水量看来是丰富的，周围是稻田。

待我回转身时，一位中年妇人，看样子好像是中学教师，身材不高，手里拿着一本小书，向我走来。

她把书递给我说："我就是沈家的后人，这本书送给你。"

我接过书来看时，是齐治平著的《陆游》，中华书局出版。我连忙向她致谢。

她又自我介绍地说："老母亲病了，我是从上海赶回来的。"

"令堂的病不严重吧？"我问了她。

"幸好，已经平复了。"

正在这样说着，斜对面从菜园地里又走来了一位青年，穿着黄色军装。赠书者为我介绍："这是我的儿子，他是从南京赶回来的。"

我上前去和他握了手。想到同志们在招待处等我去吃早饭，吃了早饭便得赶快动身，因此我便匆匆忙忙地告了别。

这是我访问沈园时出乎意外的一段插话。

四

这段插话似乎颇有诗意。但它横在我的心中，老是使我不安。我走得太匆忙了，忘记问清楚那母子两人的姓名和住址。

我接受了别人的礼物，没有东西也没有办法来报答，就好像欠了一笔债的一样。

《陆游》这个小册子，在我的旅行箧里放着，我偶尔取出翻阅。一想到《钗头凤》的调子，也酝酿了一首词来：

宫墙柳，今乌有，沈园蜕变怀诗叟。秋风袅，晨光好，满畦蔬菜，一池萍藻。草，草，草。

沈家后，人情厚，《陆游》一册蒙相授。来归宁，为亲病。病情何似？医疗有庆。幸，幸，幸。

的确，“满城春色宫墙柳”的景象是看不见了。但除“满畦蔬菜，一池萍藻”之外，我还看见了一些树木，特别是有两株新栽的杨柳。

陆游和唐琬是和封建社会搏斗过的人。他们的一生是悲剧，但他们是胜利者。封建社会在今天已经被和根推翻了，而他们的优美形象却永远活在人们的心里。

沈园变成了田圃，在今天看来，不是零落，而是蜕变。世界改造了，昨天的富室林园变成了今天的人民田圃。今天的“陆游纪念室”还只是细胞，明天的“陆游纪念室”会发展成为更美丽的池台——人民的池台。

陆游有知，如果他今天再到沈园来，他决不会伤心落泪，而是会引吭高歌的。他会看到桥下的“惊鸿照影”——那唐琬的影子，真像飞鸿一样，永远在高空中飞翔。

敦煌游记

□ 张恨水

敦煌，是中国在海禁未开，通西方的大道。离县城十几公里路，自北魏以来，经过隋唐五代宋元以及清，都把沙石崖上凿了好多佛洞，就叫千佛洞。到敦煌千佛洞去参观，那不是太容易的事。因为千佛洞没有旅馆，没有吃喝，晚上还没有被盖，这些东西，事前都要好好的准备。因为到千佛洞去，经过沙漠，动不动好几十里没有人烟，借也没有地方借去。我们把一切东西，都已准备得很好，因之没有问题。

谈千佛洞先谈外表。我们汽车经过上千里的沙漠，我们左右回顾，全是白茫茫的不毛之地，车轮下面，也是沙漠和鹅卵石子。后来汽车司机说是到了，我们看见有一个山头，也是光秃秃的。可是那沙山突然中断，弯成一个口子。口子里却是白杨罗列，把它变成树林，这就是千佛洞了。

我们由树林穿过，挨着山边走。这就看到山壁上，开了好多洞口，有的山壁上开了极大的敞式洞门。里面塑着很多的佛，还是穿着五色斑斓的法衣。有的洞门悬在半空，修起一股栈道。有的俯伏山底，大门洞开。总而言之，满山壁上，全是洞子，有一公里长哩。白杨，我们看来，不算稀奇。可是树在这里，便是稀奇之物。这里的白杨，有五六丈高，而且不带旁的树，因为旁的树，越发不易生长了。

这里两边都是小山，中间夹了一条干河，也变成沙漠了。口外自东到西，是一条大沙漠，在千佛洞对过，这山名叫鸣沙山。这里的山，都是积沙，内中藏着鹅卵石。自然，这山上不长树木，也不长草。事倒奇怪，这里凿壁却雕塑许多佛像。还有一事，从前西域僧人，每到榜晚，却见鸣沙山金光万道，就说这里是佛地了。

千佛洞是笼统的一个名词，要论起名之初，那倒真有千余个佛窟。这多年以来，佛窟就屡次倒坏。尤其是明朝，嘉峪关以外，就视同化外，倒坏之处更多。所以到现在，真正的佛洞，只有四百六十九个。这四百多洞子，探纪如下：魏窟三十二个、隋窟九十个、唐窟二百零六个，五代窟三十二个，宋窟一百零三个，西夏窟三个，元窟八个，清窟五个。这么多佛窟，先看哪一个呢？后来决定，先请这里人，带我们先看一个大致，回头就看各人的嗜好，你要对哪个洞子有兴趣，就看哪一个洞子吧。

我们把佛窟看了，这里画的怎么样，以及塑的怎么样，我们自觉程度浅，还谈不到；不过这里有众人必须知道的，我们谈一点。

第一，是三尊大佛。鸣沙山对过有七层屋檐，都是亭台楼阁的模样，你稍微站得远一些看，像真的一样。其实这是嵌在石壁上的，就是屋檐小一点吧。走进洞去，也是很大一间殿宇，可是石壁都没有图画。朝里一些，只看到一件袍子的下角，怎么悬下来，我们还不能望见。挨着袍子边，朝上看去，是洞内凿成七层高的佛窟。这高的窟，就是里边光立着一尊佛像。这佛身披着袈裟，模样十分和气。这是一位释迦牟尼的像，佛像有华尺十丈高（三十三公尺），除了云岗石佛而外，恐怕也没有其他地方的佛像可以相比吧？洞为盛唐时代所造，总共费了一十三年功夫，可想这是何等伟大。至于身上所披的袈裟，以及衣服里外面，涂饰的颜色，也还半新，这不知是原来的颜色呢，或者是后代重修的，但观看颜料的配合，决计不是近代的。

第二，也是一尊如来佛。出洞往北走，中有一门牌为一三O号，这大门是封锁了，我们走旁门进去，进去之后，上了盘梯两层，有楼，佛像刚到一半。这里向西开有极大的窗户，凭窗观看，佛像共有二十五公尺，把以前那种大佛来比，小了一丈多，其余，所制无甚分别，也是盛唐年制。

第三，是一尊卧佛像，在这一列佛窟的尽头，是一个西夏制的佛窟。西夏为拓跋氏。当年割据称帝，宋朝打了好多年仗，总灭不掉他。一度建都横山县，后都宁夏，割有陕西边境，蒙古自治区、甘肃西北。他建立这样一个洞头，自然要看上一看。

洞在浮沙上，先立了一个庙门。进门，站着几尊神像，都有威武之气。最奇怪的，凡胸上或者手上，都盘弄着或者擒拿着一条蛇，这不晓得是何意义。外有两只狮子，作跳跃状而且昂起头，这越发不解了。观后入洞，洞内，为一张睡榻，两头都不空，上面睡了如来佛。身子有两丈多长。睡容为一手长垂，覆盖着在自己左腿之上。一手托着自己的右额，双目微闭，似睡未睡，这个像塑得很是不坏。身后站立七十二弟子，其像高不过二尺，环立在如来佛身边，都没有快乐样子。

这洞画的供奉人，衣服及鞋帽与汉人有什么分别没有，我本想研究一下。但是壁上像只有尺把高，看起来，男人长衣方巾，女人也是长衣，脑上挽了一个圆髻。洞中又很阴暗，可说一无所得。

我们谈完三尊大佛，就对洞子也谈上一谈，当然这不过是百分之一而已。先说北魏的洞子，假如我们为了立刻就看到的话，穿过杨树林，这里有一座古牌坊，上面题了字，曰古汉桥。穿过牌坊去，有坡子，两旁有木栏杆，因为这坡子相当的陡。这里佛洞，就一个挨着一个，而且上下都是一样，最多的洞子，有上下五层。所以走这坡子，就越过两层佛洞，方才到达我们所要到的佛窟。这才第一看见北魏窟。这里所谓北魏，不是曹丕的魏，是晋朝已不能守北方，交与魏国。那魏国拓跋氏，建都洛阳，北几省的地盘，差不多都归了他。洞里有几尊佛像，是何时代出品，还不能定。至于壁上画的壁画，那确是魏朝人的手笔。它这画一律是粗线条，眼睛画两个圈圈，嘴上画一撇，这就是眼睛和嘴。但是画得好，画得刚刚就像嘴和眼睛。其余身上有脱赤膊的，也画几根粗线条，将上下一钩，就两条胳膊出现，这个完全以旷野表示。

离开这里，两边佛窟都可以相通的。不过佛窟，有大小不同。有大的，有我们屋子四五倍大，照样是雕格玲珑。小的呢，那就只好容一人在里面。因为这是当年供奉人供奉着佛，就打一佛窟，供奉人有的钱多，就打大些，有的钱少，那就小得只容一个人。但是虽然大小不同，供佛都是一样，所以佛的香案上，至少有三尊佛像。我跑了许多洞子，有的低着头，一翻身就是一洞，有的就如同进了庙里一样，十分宽大。

我们以朝代而论，先就论到隋朝佛窟。隋佛窟中佛像的衣服，花纹很少，佛像有时呆板一点，不过所画的供奉人，都长袍大袖，那就不是魏佛窟所配的人像，是旷野一流了。而且不但衣服花纹很少，那折纹也少得很。隋朝在中国虽是统一了江南江北，但是年数很短，还没有在艺术上表现特点。

回头就论到唐朝了。唐朝在画上是两个特点，一个是盛唐，一个是晚唐。盛唐画法，只是堂皇富丽，晚唐的画法，却甚细致。本来唐朝佛窟这层也有的，只是求几幅代表作，还是向底下去看，经过了底下靠北几个佛窟，这就到了几个盛唐时代的代表作的洞子。这里有一个佛有半座佛堂那样大，上面有五尊佛像，塑法都十分自然。尤其居中一个，对人嘻嘻地笑。至于所穿衣服，这都有细细的波纹。画人像方面，自然只能代表唐时候的人。男子头戴乌纱，身披着长袍，异常宽大。至于女的头发，都是头上梳一个圆圆的发髻，束在头顶当中，外穿一件半长的长袍子，下面露着裙子尺把多长。这个时候，都是天脚，鞋子前面，一个平头。手里提着香炉，但香炉不是现在的香炉，像个熨衣服的熨斗。提了一只柄，上面还有一个圆盖。至于十三四岁的姑娘，头发左边梳一圆髻，右边梳一根辫子，横过来塞在小圆髻之下。此外，一把遮阳伞，伞的样子，也和五十年前的万民伞差不多，但是它的伞柄不同，就是伞下伞柄约有尺把长，稍微弯弯一曲，那阴处恰盖在前面人的身上。这虽不足代表唐朝的全部，然而这总可以表示一点点吧？

至于五代画，我看到与唐朝尚无分别。到了宋朝，这个佛窟的作风，又是一变。我曾参观许多佛窟，所塑的佛像貌，以及衣服，又觉得稍花一点。但是所塑的像，那精神没有以前的好。所有供奉人都是长袍要瘦些。唐朝供奉人，大的画得比我们人还高，至于宋朝大的也不过两尺高，小的就几寸高了。

下降元清两代，我匆匆看过一遍，无甚可言。再就佛的画像说，画着的多是佛家故事，都在佛窟两边墙上，这本是极好的故事画，但大半均已模糊。我们细细观看，这里分成舍身喂虎，得道成佛等等。这些故事，尽管是佛出世的事情，但我们可以当作参考资料，了解古来的生活。比如说，我们没有凳椅座位，这画里，就有些比桌椅还矮的桌子，供奉鲜果，这就可以想到古来堂屋是怎样一个模样。又比如说，我们从前牛车马车是怎样的坐法。这画里，画得也有。所画的牛车马车，比桌面还要大，比桌子还要高，人盘了腿坐在上面，这也可以想到我们古来马车是怎样坐法了。所以这些古董虽然还是古董，但翻开历史，比没有参考，那总要好得多。

敦煌要谈的事情是很多，这仅是我草草勾画出的一个轮廓。

五峰游记

□ 李大钊

我向来惯过“山中无历日，寒尽不知年”的日子，一切日常生活的经过，都记不住时日。

我们那晚八时顷，由京奉线出发，次日早晨曙光刚发的时候，到滦州车站。此地是辛亥年，张绍曾将军督率第二十军停军不发，拿十九信条要胁清廷的地方。后来到底有一标在此起义，以众寡不敌失败，营长施从云、王金铭，参谋长白亚雨等殉难。这是历史上的纪念地。

车站在滦州城北五里许，紧靠着横山。横山东北，下临滦河的地方，有一个行宫，地势很险，风景却佳，而今作了我们老百姓旅行游览的地方。

由横山往北，四十里可达卢龙。山路崎岖，水路两岸万山重叠，暗崖很多，行舟最要留神，而景致绝美。由横山往南，滦河曲折南流入海，以陆路计，约有百数十里。

我们在此雇了一只小舟，顺流而南，两岸都是平原。遍地的禾苗，都很茂盛，但已觉受旱。禾苗的种类，以高粱为多，因为滦河一带，主要的食粮，就是高粱。谷黍豆类也有。滦水每年泛滥，河身移徙无定，居民都以为苦。其实滦河经过的地方，虽有时受害，而大体看来，却很富厚，因为他的破坏中，却带来了很多的新生活种子、原料。房屋老了，经他一番破坏，新的便可产生。土质乏了，经他一回滩淤，肥的就会出现。这条滦河简直是这一方的旧生活破坏者，新生活创造者。可惜人都是苟安，但看见他的破坏，看不见他的建设，却很冤枉了他。

河里小舟漂着，一片斜阳射在水面，一种金色的浅光，衬着岸上的绿野，景色真是好看。

天到黄昏，我们还未上岸。从舟人摇橹的声中，隐约透出了远村的犬吠，知道要到我们上岸的村落了。

到了家乡，才知道境内很不安静。正有“绑票”的土匪，在各村骚扰。还有“花会”照旧开设。

过了两三日，我便带了一个小孩，来到昌黎的五峰。是由陆路来的，约有八十里。从前昌黎的铁路警察，因在车站干涉日本驻屯军的无礼的行动，曾有五警士为日兵惨杀。这也算是一个纪念地。

五峰是碣石山的一部，离车站十余里，在昌黎城北。我们清早雇骡车运行李到山下，车不能行了，只好步行上山。一路石径崎岖，曲折的很，两旁松林密布。间或有一两人家很清妙的几间屋，筑在山上，大概窗前都有果园。泉水从石上流着，潺潺作响。当日恰遇着微雨，山景格外的新鲜。走了约四里许，才到五峰的韩公祠。

五峰有个胜境，就在山腹。望海、锦绣、平斗、飞来、挂月五个山峰环抱如椅。好事的人，在此建了一座韩文公祠。下临深涧，涧中树木丛森。在南可望渤海，碧波万顷，一览无尽。我们就在此借居了。

看守祠宇的人，是一双老夫妇，年事都在六十岁以上，却很健康。此外一狗、一猫、两只母鸡，构成他们那山居的生活。我们在此，找夫妇替我们操作。

祠内有两个山泉可饮。煮饭烹茶，都从那里取水，用松枝作柴，颇有一种趣味。

山中松树最多，果树有苹果、桃、杏、梨、葡萄、黑枣、胡桃等。今年果收都不佳。

来游的人却也常有，但是来到山中，不是吃喝，便是赌博，真是大杀风景。

山中没有野兽，没有盗贼，我们可以夜不闭户，高枕而眠。

久旱，乡间多求雨的，都很热闹，这是中国人的群众运动。

昨日山中落雨，云气把全山包围。树里风声雨声，有波涛澎湃的样子。水自山间流下，却成了瀑布。雨后大有秋意。

泰山日出

□ 徐志摩

振铎来信要我在《小说月报》的泰戈尔号上说几句话。我也曾答应了，但这一时游济南游泰山游孔陵，太乐了，一时竟拉不拢心思来做整篇的文字，一直挨到现在期限快到，只得勉强坐下来，把我想得到的话不整齐的写出。

我们在泰山顶上看出太阳。在航过海的人，看太阳从地平线下爬上来，本不是奇事；而且我个人是曾饱饫过江海与印度洋无比的日彩的。但在高山顶上看日出，尤其在泰山顶上，我们无餍的好奇心，当然盼望一种特异的境界，与平原或海上不同的。果然，我们初起时，天还暗沉沉的，西方是一片的铁青，东方些微有些白意，宇宙只是——如用旧词形容——一体莽莽苍苍的。但这是我一面感觉劲烈的晓寒，一面睡眼不曾十分醒豁时约略的印象。等到留心回览时，我不由得大声的狂叫——因为眼前只是一个见所未见的境界。原来昨夜整夜暴风的工程，却砌成一座普遍的云海。除了日观峰与我们所在的玉皇顶以外，东西南北只是平铺着弥漫的云气，在朝旭未露前，宛似无量数厚毳长绒的绵羊，交颈接背的眠着，卷耳与弯角都依稀辨认得出。那时候在这茫茫的云海中，我独自站在雾霭溟蒙的小岛上，发生了奇异的幻想——

我躯体无限的长大，脚下的山峦比例我的身量，只是一块拳石；这巨人披着散发，长发在风里像一面墨色的大旗，飒飒的在飘荡。这巨人竖立在大地的顶尖上，仰面向着东方，平拓着一双长臂，在盼望，在迎接，在催促，在默默的叫唤；在崇拜，在祈祷，在流泪——在流久慕未见而将见悲喜交互的热泪……

这泪不是空流的，这默祷不是不生显应的。

巨人的手，指向着东方——

东方有的，在展露的，是什么?

东方有的是瑰丽荣华的色彩，东方有的是伟大普照的光明——出现了，到了，在这里了……

玫瑰汁、葡萄浆、紫荆液、玛瑙精、霜枫叶——大量的染工，在层累的云底工作；无数蜿蜒的鱼龙，爬进了苍白色的云堆。

一方的异彩，揭去了满天的睡意，唤醒了四隅的明霞——光明的神驹，在热奋地驰骋……

云海也活了；眠熟了兽形的涛澜，又回复了伟大的呼啸，昂头摇尾的向着我们朝露染青馒形的小岛冲洗，激起了四岸的水沫浪花，震荡着这生命的浮礁，似在报告光明与欢欣之临莅……

再看东方——海句力士已经扫荡了他的阻碍，雀屏似的金霞，从无垠的肩上产生，展开在大地的边沿。起……起……用力，用力。纯焰的圆颅，一探再探的跃出了地平，翻登了云背，临照在天空……

歌唱呀，赞美呀，这是东方之复活，这是光明的胜利……

散发祷祝的巨人，他的身彩横亘在无边的云海上，已经渐渐的消翳在普遍的欢欣里；现在他雄浑的颂美的歌声，也已在霞彩变幻中，普彻了四方八隅……

听呀，这普彻的欢声；看呀，这普照的光明！

这是我此时回忆泰山日出时的幻想，亦是我想望泰戈尔来华的颂词。

我所知道的康桥[1]

□ 徐志摩

一

我这一生的周折，大都寻得出感情的线索。不论别的，单说求学。我到英国是为要从卢梭[2]。卢梭来中国时，我已经在美国。他那不确的死耗传到的时候，我真的出眼泪不够，还做悼

① 康桥，现译剑桥，在英国东南部，这里指剑桥大学。

② 卢梭，现译罗素（1872—1970），英国哲学家、逻辑学家，1921年曾来中国讲学。

诗来了。他没有死，我自然高兴。我摆脱了哥伦比亚①大博士衔的引诱，买船漂过大西洋，想跟这位二十世纪的福禄泰尔②认真念一点书去。谁知一到英国才知道事情变样了：一为他在战时主张和平，二为他离婚，卢梭叫康桥给除名了，他原来是 Trinity College 的 fellow③，这一来他的 fellowship④ 也给取消了。他回英国后就在伦敦住下，夫妻两人卖文章过日子。因此我也不曾遂我从学的始愿。我在伦敦政治经济学院里混了半年，正感着闷想换路走的时候，我认识了狄更生⑤先生。狄更生——Goldsworthy Lowes Dickinson——是一个有名的作者，他的《一个中国人通信》（Letters form John Chinaman）与《一个现代聚餐谈话》（A Modern Symposium）两本小册子早得了我的景仰。我第一次会着他是在伦敦国际联盟协会席上，那天林宗孟⑥先生演说，他做主席；第二次是宗孟寓里吃茶，有他。以后我常到他家里去。他看出我的烦闷，劝我到康桥去，他自己是王家学院（King's College）的 fellow。我就写信去问两个学院，回信都说学额早满了，随后还是狄更生先生替我去在他的学院里说好了，给我一个特别生的资格，随意选科听讲。从此黑方巾、黑披袍的风光也被我占着了。初起我在离康桥六英里的乡

---

① 哥伦比亚，这里指哥伦比亚大学，在美国纽约。

② 福禄泰尔，现译伏尔泰（1694—1778），法国启蒙思想家、哲学家、作家。

③ Trinity College 的 fellow，即三一学院（属剑桥大学）的研究员。

④ fellowship，即研究员资格。

⑤ 狄更生，英国作家、学者。徐志摩在英国期间曾得到他的帮助。

⑥ 林宗孟，即林长民，晚清立宪派人士，辛亥革命后曾任司法总长。

下叫沙士顿地方租了几间小屋住下，同居的有我从前的夫人张幼仪女士与郭虞裳[①]君。每天一早我坐街车（有时自行车）上学，到晚回家。这样的生活过了一个春，但我在康桥还只是个陌生人谁都不认识，康桥的生活，可以说完全不曾尝着，我知道的只是一个图书馆，几个课室，和三两个吃便宜饭的茶食铺子。狄更生常在伦敦或是大陆上，所以也不常见他。那年的秋季我一个人回到康桥，整整有一学年，那时我才有机会接近真正的康桥生活，同时，我也慢慢的"发见"了康桥。我不曾知道过更大的愉快。

二

"单独"是一个耐寻味的现象。我有时想它是任何发见的第一个条件。你要发见你的朋友的"真"，你得有与他单独的机会。你要发见你自己的真，你得给你自己一个单独的机会。你要发见一个地方（地方一样有灵性），你也得有单独玩的机会。我们这一辈子，认真说，能认识几个人？能认识几个地方？我们都是太匆忙，太没有单独的机会。

说实话，我连我的本乡都没有什么了解。康桥我要算是有相当交情的，再次许只有新认识的翡冷翠[②]了。啊，那些清晨，

① 郭虞裳，曾任上海《时事新报》的副刊《学灯》的主编，后去欧洲留学。主编职务遂由编辑宗白华接任。

② 翡冷翠，现译佛罗伦萨，意大利中部城市。

那些黄昏，我一个人发痴似的在康桥！绝对的单独。

但一个人要写他最心爱的对象，不论是人是地，是多么使他为难的一个工作？你怕，你怕描坏了它，你怕说过分了恼了它，你怕说太谨慎了辜负了它。我现在想写康侨，也正是这样的心理，我不曾写，我就知道这回是写不好的——况且又是临时逼出来的事情。但我却不能不写，上期预告已经出去了。我想勉强分两节写：一是我所知道的康桥的天然景色；一是我所知道的康桥的学生生活。我今晚只能极简的写些，等以后有兴会时再补。

三

康桥的灵性全在一条河上；康河，我敢说是全世界最秀丽的一条水。河的名字是葛兰大（Granta），也有叫康河（River Cam）的，许有上下流的区别，我不甚清楚。河身多的是曲折，上游是有名的拜伦潭——“Byron's Pool”——当年拜伦常在那里玩的；有一个老村子叫格兰骞斯德，有一个果子园，你可以躺在累累的桃李树荫下吃茶，花果会掉入你的茶杯，小雀子会到你桌上来啄食，那真是别有一番天地。这是上游。下游是从骞斯德顿下去，河面展开，那是春夏间竞舟的场所。上下河分界处有一个坝筑，水流急得很，在星光下听水声，听近村晚钟声，听河畔倦牛刍草声，是我康桥经验中最神秘的一种：大自然的优美、宁静，调谐在这星光与波光的默契中不期然的淹入了你的性灵。

但康河的精华是在它的中权，著名的“Backs”，这两岸是几个最蜚声的学院的建筑。从上面下来是 Pembroke，St. Katharine’s，King’s，Clare，Trinity，St. John’s。最令人留连的一节是克莱亚与王家学院的毗连处，克莱亚的秀丽紧邻着王家教堂（King’s Chapel）的宏伟。别的地方尽有更美更庄严的建筑，例如巴黎赛因河的罗浮宫一带，威尼斯的利阿尔多大桥的两岸，翡冷翠维基乌大桥的周遭；但康桥的“Backs”自有它的特长，这不容易用一二个状词来概括，它那脱尽尘埃气的一种清澈秀逸的意境可说是超出了画图而化生了音乐的神味。再没有比这一群建筑更调谐更匀称的了！论画，可比的许只有柯罗（Corot）的田野；论音乐，可比的许只有肖班（Chopin）的夜曲。就这，也不能给你依稀的印象，它给你的美感简直是神灵性的一种。

假如你站在王家学院桥边的那棵大椈树荫下眺望，右侧面，隔着一大方浅草坪，是我们的校友居（fellows building），那年代并不早，但它的妩媚也是不可掩的，它那苍白的石壁上春夏间满缀着艳色的蔷薇在和风中摇头，更移左是那教堂，森林似的尖阁不可浼的永远直指着天空；更左是克莱亚，啊！那不可信的玲珑的方庭，谁说这不是圣克莱亚（St. Clare）的化身，哪一块石上不闪耀着她当年圣洁的精神？在克莱亚后背隐约可辨的是康桥最潢贵最骄纵的三一学院（Trinity），它那临河的图书楼上坐镇着拜伦神采惊人的雕像。

但这时你的注意早已叫克莱亚的三环洞桥魔术似的摄住。你见过西湖白堤上的西冷断桥不是？（可怜它们早已叫代表近代丑恶精神的汽车公司给铲平了，现在它们跟着苍凉的雷峰永远辞别了人间。）你忘不了那桥上斑驳的苍苔，木栅的古色，与那桥拱下泄露的湖光与山色不是？克莱亚并没有那样体面的衬托，它也不比庐山栖贤寺旁的观音桥，上瞰五老的奇峰，下临深潭与飞瀑；它只是怯怜怜的一座三环洞的小桥，它那桥洞间也只掩映着细纹的波鄰与婆娑的树影，它那桥上栉比的小穿栏与栏节顶上双双的白石球，也只是村姑子头上不夸张的香草与野花一类的装饰；但你凝神的看着，更凝神的看着，你再反省你的心境，看还有一丝屑的俗念沾滞不？只要你审美的本能不曾汩灭，这是你的机会实现纯粹美感的神奇！

但你还得选你赏鉴的时辰。英国的天时与气候是走极端的。冬天是荒谬的坏，逢着连绵的雾盲天你一定不迟疑的甘愿进地狱本身去试试；春天（英国是几乎没有夏天的）是更荒谬得可爱，尤其是它那四五月间最渐缓最艳丽的黄昏，那才真是寸寸黄金。在康河边上过一个黄昏是一服灵魂的补剂。啊！我那时蜜甜的单独，那时蜜甜的闲暇。一晚又一晚的，只见我出神似的倚在桥阑上向西天凝望：——

看一回凝静的桥影，
数一数螺钿的波纹：
我倚暖了石阑的青苔，

青苔凉透了我的心坎；……

还有几句更笨重的怎能仿佛那游丝似轻妙的情景：

难忘七月的黄昏，远树凝寂，
像墨泼的山形，衬出轻柔暝色
密稠稠，七分鹅黄，三分橘绿，
那妙意只可去秋梦边缘捕捉；……

四

这河身的两岸都是四季常青最葱翠的草坪。从校友居的楼上望去，对岸草场上，不论早晚，永远有十数匹黄牛与白马，胫蹄没在恣蔓的草丛中，从容的在咬嚼，星星的黄花在风中动荡，应和着它们尾鬃的扫拂。桥的两端有斜倚的垂柳与椈荫护住。水是澈底的清澄，深不足四尺，匀匀的长着长条的水草。这岸边的草坪又是我的爱宠，在清朝，在傍晚，我常去这天然的织锦上坐地，有时读书，有时看水；有时仰卧着看天空的行云，有时反扑着搂抱大地的温软。

但河上的风流还不止两岸的秀丽。你得买船去玩。船不止一种：有普通的双桨划船，有轻快的薄皮舟（canoe），有最别致的长形撑篙船（punt）。最末的一种是别处不常有的：约莫有二丈长，三尺宽，你站直在船梢上用长竿撑着走的。这撑是一种技术。我手脚太蠢，始终不曾学会。你初起手尝试时，容易把船身横住在河中，东颠西撞的狼狈。英国人是不轻易开口笑人的，但是小心他们不出声的皱眉！也不知有多少次河中本来优闲的秩序叫我这莽撞的外行给捣乱了。我真的始终不曾学会；每回我不服输跑去租船再试的时候，有一个白胡子的船家往往带讥讽的对我说："先生，这撑船费劲，天热累人，还是拿个薄皮舟溜溜吧！"我哪里肯听话，长篙子一点就把船撑了开去，结果还是把河身一段段的腰斩了去。

你站在桥上去看人家撑，那多不费劲，多美！尤其在礼拜天有几个专家的女郎，穿一身缟素衣服，裙裾在风前悠悠的飘着，戴一顶宽边的薄纱帽，帽影在水草间颤动，你看她们出桥洞时的姿态，捻起一根竟像没有分量的长竿，只轻轻的，不经心的往波心里一点，身子微微的一蹲，这船身便波的转出了桥影，翠条鱼似的向前滑了去。她们那敏捷，那闲暇，那轻盈，真是值得歌咏的。

在初夏阳光渐暖时你去买一只小船，划去桥边荫下躺着念你的书或是做你的梦，槐花香在水面上飘浮，鱼群的唼喋声在你的耳边挑逗。或是在初秋的黄昏，近着新月的寒光，望上流僻静处远去。爱热闹的少年们携着他们的女友，在船沿上支着双双的东洋彩纸灯，带着话匣子，船心里用软垫铺着，也开向无人迹处去享他们的野福——谁不爱听那水底翻的音乐在静定的河上描写梦意与春光！

住惯城市的人不易知道季候的变迁。看见叶子掉知道是秋，看见叶子绿知道是春；天冷了装炉子，天热了拆炉子；脱下棉袍，换上夹袍，脱下夹袍，穿上单袍：不过如此罢了。天上星斗的消息，地下泥土里的消息，空中风吹的消息，都不关我们的事。忙着哪，这样那样事情多着，谁耐烦管星星的移转，花草的消长，风云的变幻？同时我们抱怨我们的生活、苦痛、烦闷、拘束、枯燥，谁肯承认做人是快乐？谁不多少间咒诅人生？

但不满意的生活大都是由于自取的。我是一个生命的信仰者，我信生活决不是我们大多数人仅仅从自身经验推得的那样暗惨。我们的病根是在“忘本”。人是自然的产儿，就比枝头的花与鸟是自然的产儿；但我们不幸是文明人，入世深似一天，离自然远似一天。离开了泥土的花草，离开了水的鱼，能快活吗？能生存吗？从大自然，我们取得我们的生命；从大自然，我们应分取得我们继续的资养。哪一株婆娑的大木没有盘错的根柢深入在无尽藏的地里？我们是永远不能独立的。有幸福是永远不离母亲抚育的孩子，有健康是永远接近自然的人们。不必一定与鹿豕游，不必一定回“洞府”去；为医治我们当前生活的枯窘，只要“不完全遗忘自然”一张轻淡的药方我们的病象就有缓和的希望。在青草里打几个滚，到海水里洗几次浴，到高处去看几次朝霞与晚照——你肩背上的负担就会轻松了去的。

这是极肤浅的道理，当然。但我要没有过过康桥的日子，我就不会有这样的自信。我这一辈子就只那一春，说也真可怜，算是不曾虚度。就只那一春，我的生活是自然的，是真愉快的！（虽则碰巧那也是我最感受人生痛苦的时期）我那时有的是闲暇，有的是自由，有的是绝对单独的机会。说也奇怪，竟像是第一次，我辨认了星月的光明，草的青，花的香，流水的殷勤。我能忘记那初春的睥睨吗？曾经有多少个清晨我独自冒着冷去薄霜铺地的林子里闲步——为听鸟语，为盼朝阳，为寻泥土里渐次苏醒的花草，为体会最微细最神妙的春信。啊，那是新来的画眉在那边凋不尽的青枝上试它的新声！啊，这是第一朵小雪球花挣出了半冻的地面！啊，这不是新来的潮润沾上了寂寞的柳条？

静极了，这朝来水溶溶的大道，只远处牛奶车的铃声，点缀这周遭的沉默。顺着这大道走去，走到尽头，再转入林子里的小径，往烟雾浓密处走去，头顶是交枝的榆荫，透露着漠楞楞的曙色；再往前走去，走尽这林子，当前是平坦的原野，望见了村舍，初青的麦田，更远三两个馒形的小山掩住了一条通道。天边是雾茫茫的，尖尖的黑影是近村的教寺。听，那晓钟和缓的清音。这一带是此邦中部的平原，地形像是海里的轻波，默沉沉的起伏；山岭是望不见的，有的是常青的草原与沃腴的田壤。登那土阜上望去，康桥只是一带茂林，拥戴着几处娉婷的尖阁。妩媚的康河也望不见踪迹，你只能循着那锦带似的林木想象那一流清浅。村舍与树林是这地盘上的棋子，有村舍处有佳荫，有佳荫处有村舍。这早起是看炊烟的时辰：朝雾渐渐的升起，揭开了这灰苍苍的天幕（最好是微霰后的光景），远近的炊烟，成丝的、成缕的、成卷的、轻快的、迟重的、浓灰的、淡青的、惨白的，在静定的朝气里渐渐的上腾，渐渐的不见，仿佛是朝来人们的祈祷，参差的翳入了天听。朝阳是难得见的，这初春的天气。但它来时是起早人莫大的愉快。顷刻间这田野添深了颜色，一层轻纱似的金粉糁上了这草，这树，这通道，这庄舍。顷刻间这周遭弥漫了清晨富丽的温柔。顷刻间你的心怀也分润了白天诞生的光荣。“春”！这胜利的晴空仿佛在你的耳边私语。“春”！你那快活的灵魂也仿佛在那里回响。

伺候着河上的风光，这春来一天有一天的消息。关心石上的苔痕，关心败草里的花鲜，关心这水流的缓急，关心水草的滋长，关心天上的云霞，关心新来的鸟语。怯怜怜的小雪球是探春信的小使。铃兰与香草是欢喜的初声。窈窕的莲馨，玲珑的石水仙，爱热闹的克罗克斯，耐辛苦的蒲公英与雏菊——这时候春光已是烂漫在人间，更不须殷勤问讯。

瑰丽的春放。这是你野游的时期。可爱的路政，这里不比中国，哪一处不是坦荡荡的大道？徒步是一个愉快，但骑自转车是一个更大的愉快，在康桥骑车是普遍的技术；妇人、稚子、老翁，一致享受这双轮舞的快乐。（在康桥听说自转车是不怕人偷的，就为人人都自己有车，没人要偷。）任你选一个方向，任你上一条通道，顺着这带草味的和风，放轮远去，保管你这半天的逍遥是你性灵的补剂。这道上有的是清荫与美草，随地都可以供你休憩。你如爱花，这里多的是锦绣似的草原。你如爱鸟，这里多的是巧啭的鸣禽。你如爱儿童，这乡间到处是可亲的稚子。你如爱人情，这里多的是不嫌远客的乡人，你到处可以“挂单”借宿，有酪浆与嫩薯供你饱餐，有夺目的果鲜恣你尝新。你如爱酒，这乡间每“望”都为你储有上好的新酿，黑啤如太浓，苹果酒、姜酒都是供你解渴润肺的。……带一卷书，走十里路，选一块清静地，看天，听鸟，读书，倦了时，和身在草绵绵处寻梦去——你能想像更适情更适性的消遣吗？

陆放翁有一联诗句：“传呼快马迎新月，却上轻舆趁晚凉”；这是做地方官的风流。我在康桥时虽没马骑，没轿子坐，却也有我的风流：我常常在夕阳西晒时骑了车迎着天边扁大的日头直追。日头是追不到的，我没有夸父的荒诞，但晚景的温存却被我这样偷尝了不少。有三两幅画图似的经验至今还是栩栩的留着。只说看夕阳，我们平常只知道登山或是临海，但实际只须辽阔的天际，平地上的晚霞有时也是一样的神奇。有一次我赶到一个地方，手把着一家村庄的篱笆，隔着一大田的麦浪，看西天的变幻。有一次是正冲着一条宽广的大道，过来一大群羊，放草归来的，偌大的太阳在它们后背放射着万缕的金辉，天上却是乌青青的，只剩这不可逼视的威光中的一条大路，一群生物，我心头顿时感着神异性的压迫，我真的跪下了，对着这冉冉渐翳的金光。再有一次是更不可忘的奇景，那是临着一大片望不到头的草原，满开着艳红的罂粟，在青草里亭亭像是万盏的金灯，阳光从褐色云斜着过来，幻成一种异样紫色，透明似的不可逼视，刹那间在我迷眩了的视觉中，这草田变成了……不说也罢，说来你们也是不信的！

一别二年多了，康桥，谁知我这思乡的隐忧？也不想别的，我只要那晚钟撼动的黄昏，没遮拦的田野，独自斜倚在软草里，看第一个大星在天边出现！

印度洋上的秋思

□ 徐志摩

昨夜中秋。黄昏时西天挂下一大帘的云母屏，掩住了落日的光潮，将海天一体化成暗蓝色，寂静得如黑衣尼在圣座前默祷。过了一刻，即听得船梢布篷上悉悉索索啜泣起来，低压的云夹着迷蒙的雨色，将海线逼得像湖一般窄，沿边的黑影，也辨认不出是山是云，但涕泪的痕迹，却满布在空中水上。

又是一番秋意！那雨声在急骤之中，有零落萧疏的况味，连着阴沉的气氲，只是在我灵魂的耳畔私语道："秋！"我原来无欢的心境，抵御不住那样温婉的浸润，也就开放了春夏间所积受的秋思，和此时外来的怨艾构合，产出一个弱的婴儿——"愁"。

天色早已沉黑，雨也已休止。但方才啜泣的云，还疏松地幕在天空，只露着些惨白的微光，预告明月已经装束齐整，专等开幕。同时船烟正在莽莽苍苍地吞吐，筑成一座蟒鳞的长桥，直联及西天尽处，和船轮泛出的一流翠波白沫，上下对照，留恋西来的踪迹。

北天云幕豁处，一颗鲜翠的明星，喜孜孜地先来问探消息，像新嫁媳的侍婢，也穿扮得遍体光艳。但新娘依然姗姗未出。

我小的时候，每于中秋夜，呆坐在楼窗外等看“月华”。若然天上有云雾缭绕，我就替“亮晶晶的月亮”担忧。若然见了鱼鳞似的云彩，我的小心就欣欣怡悦，默祷着月儿快些开花，因为我常听人说只要有“瓦楞”云，就有月华；但在月光放彩以前，我母亲早已逼我去上床，所以月华只是我脑筋里一个不曾实现的想象，直到如今。

现在天上砌满了瓦楞云彩，霎时间引起了我早年许多有趣的记忆——但我的纯洁的童心，如今哪里去了？

月光有一种神秘的引力。她能使海波咆哮，她能使悲绪生潮。月下的喟息可以结聚成山，月下的情泪可以培畤百亩的畹兰，千茎的紫琳耿。我疑悲哀是人类先天的遗传，否则，何以我们儿年不知悲感的时期，有时对着一泻的清辉，也往往凄心滴泪呢？

但我今夜却不曾流泪。不是无泪可滴，也不是文明教育将我最纯洁的本能锄净，却为是感觉了神圣的悲哀，将我理解的好奇心激动，想学契古特白登来解剖这神秘的“眸冷骨累”。冷的智永远是热的情的死仇。他们不能相容的。

但在这样浪漫的月夜，要来练习冷酷的分析，似乎不近人情！所以我的心机一转，重复将锋快的智刃剧起，让沉醉的情泪自然流转，听他产生什么音乐；让绻缱的诗魂漫自低回，看他寻出什么梦境。

明月正在云岩中间，周围有一圈黄色的彩晕，一阵阵的轻霭，在她面前扯过。海上几百道起伏的银沟，一齐在微叱凄其的音节，此外不受清辉的波域，在暗中坟坟涨落，不知是怨是慕。

我一面将自己一部分的情感，看入自然界的现象，一面拿着纸笔，痴望着月彩，想从她明洁的辉光里，看出今夜地面上秋思的痕迹，希冀她们在我心里，凝成高洁情绪的菁华。因为她光明的捷足，今夜遍走天涯，人间的恩怨，哪一件不经过她的慧眼呢？

印度的 Ganges（埂奇）河边有一座小村落，村外一个榕绒密绣的湖边，坐着一对情醉的男女，他们中间草地上放着一尊古铜香炉，烧着上品的水息，那温柔婉恋的烟篆、沉馥香浓的热气，便是他们爱感的象征。月光从云端里轻俯下来，在那女子胸前的珠串上，水息的烟尾上，印下一个慈吻，微哂，重复登上她的云艇，上前驶去。

一家别院的楼上，窗帘不曾放下，几枝肥满的桐叶正在玻璃上摇曳斗趣，月光窥见了窗内一张小蚊床上紫纱帐里，安眠着一个安琪儿似的小孩，她轻轻挨进身去，在他温软的眼睫上，嫩桃似的腮上，抚摩了一会。又将她银色的纤指，理齐了他脐圆的额发，霭然微哂着，又回她的云海去了。

一个失望的诗人，坐在河边一块石头上，满面写着忧郁的神情，他爱人的倩影，在他胸中像河水似的流动，他又不能在失望的渣滓里榨出些微甘液，他张开两手，仰着头，让大慈大悲的月光，那时正在过路，洗沐他泪腺湿肿的眼眶，他似乎感觉到清心的安慰，立即摸出一管笔，在白衣襟上写道：

月光，

你是失望儿的乳娘！

面海一座柴房的窗棂里，望得见屋里的内容：一张小桌上放着半块面包和几条冷肉，晚餐的剩余，窗前几上开着一本家用的圣经，炉架上两座点着的烛台，不住地流泪，旁边坐着一个皱面驼腰的老妇人，两眼半闭不闭地落在伏在她膝上悲泣的一个少妇，她的长裙散在地板上像一只大花蝶。老妇人掉头向窗外望，只见远远海涛起伏，和慈祥的月光在拥抱蜜吻，她叹了声气向着斜照在圣经上的月彩嗫道：

"真绝望了！真绝望了！"

她独自在她精雅的书室里，把灯火一齐熄了，倚在窗口一架藤椅上，月光从东墙肩上斜泻下去，笼住她的全身，在花砖上幻出一个窈窕的倩影。她两根垂辫的发梢，她微润的媚唇，和庭前几茎高峙的玉兰花，都在静谧的月色中微颤，她和她的呼吸，吐出一股幽香，不但邻近的花草，连月儿闻了，也禁不住迷醉，她腮边天然的妙涡，已有好几日不圆满：她瘦损了。但她在想什么呢？月光，你能否将我的梦魂带去，放在离她三五尺的玉兰花枝上。

威尔斯西境一座矿床附近，有三个工人，口衔着笨重的烟斗，在月光中间坐。他们所能想到的话都已讲完，但这异样的月彩，在他们对面的松林，左首的溪水上，平添了不可言语比说的妩媚，惟有他们工余倦极的眼珠不阖，彼此不约而同今晚较往常多抽了两斗的烟，但他们矿火熏黑、煤块擦黑的面容，表示他们心灵的薄弱，在享乐烟斗以外，虽经秋月溪声的戟刺，也不能有精美情绪之反感。等月影移西一些，他们默默地扑出一斗灰，起身进屋，各自登床睡去。月光从屋背飘眼望进去，只见他们都已睡熟；他们即使有梦，也无非矿内矿外的景色！

月光渡过了爱尔兰海峡，爬上海尔佛林的高峰，正对着静默的红潭。潭水凝定得像一大块冰，铁青色。四周斜坦的小峰，全都满铺着蟹青和蛋白色的岩片碎石，一株矮树都没有。沿潭间有些丛草，那全体形势，正像一大青碗，现在满盛了清洁的月辉，静极了，草里不闻虫吟，水里不闻鱼跃；只有石缝里潜涧沥淅之声，断续地作响，仿佛一座大教堂里点着一星小火，益发对照出静穆宁寂的境界，月儿在铁色的潭面上，倦倚了半晌，重复拔起她的银舄，过山去了。

昨天船离了新加坡以后，方向从正东改为东北，所以前几天的船梢正对落日，此后“晚霞的工厂”渐渐移到我们船向的左手来了。

昨夜吃过晚饭上甲板的时候，船右一海银波，在犀利之中涵有幽秘的彩色，凄清的表情，引起了我的凝视。那放银光的圆球正挂在你头上，如其起靠着船头仰望。她今夜并不十分鲜艳：她精圆的芳容上似乎轻笼着一层藕灰色的薄纱；轻漾着一种悲喟的声调；轻染着几痕泪化的雾霭。她并不十分鲜艳，然而她素洁温和的光线中，犹之少女浅蓝妙眼的斜瞟；犹之春阳融解在山巅白云反映的嫩色，含有不可解的迷力，媚态，世间凡具有感觉性的人，只要承沐着她的清辉，就发生也是不可理解的反应，引起隐复的内心境界的紧张，——像琴弦一样，——人生最微妙的情绪，戟震生命所蕴藏高洁名贵创现的冲动。有时在心理状态之前，或于同时，撼动躯体组织，使感觉血液中突起冰流之冰流，嗅神经难禁之酸辛，内藏汹涌之跳动，泪腺之骤热与润湿。那就是秋月兴起的秋思——愁。

昨晚的月色就是秋思的泉源，岂止，直是悲哀幽骚悱怨沉郁的象征，是季候运转的伟剧中最神秘亦最自然的一幕，诗艺界最凄凉亦最微妙的一个消息。

今夜月明人尽望，不知秋思在谁家。

中国字形具有一种独一的妩媚，有几个字的结构，我看来纯是艺术家的匠心：这也是我们国粹之尤粹者之一。譬如“秋”字，已是一个极美的字形；“愁”字更是文字史上有数的杰作；有石开湖晕，风扫松针的妙处，这一群点画的配置，简直经过柯罗的画篆，米佗朗基罗的雕圭，Chopin 的神感；像——用一个科学的比喻——原子的结构，将旋转宇宙的大力收缩成一个无形无踪的电核。这十三笔造成的象征，似乎是宇宙和人生悲惨的现象和经验，吁喟和涕泪，所凝成最纯粹精密的结晶，满充了催迷的秘力。你若然有高蒂闲（Gautier）异超的知感性，定然可以梦到，愁字变形为秋霞黯绿色的通明宝玉，若用银槌轻击之，当吐银色的幽咽电蛇似腾入云天。

我并不是为寻秋意而看月，更不是为觅新愁而访秋月；蓄意沉浸于悲哀的生活，是丹德所不许的。我盖见月而感秋色，因秋窗而拈新愁：人是一簇脆弱而富于反射性的神经！

我重复回到现实的景色，轻裹在云锦之中的秋月，像一个遍体蒙纱的女郎，她那团圆清朗的外貌像新娘，但同时她幂弦的颜色，那是藕灰，她踟躇的行踵，掩泣的痕迹，又使人疑是送丧的丽姝。所以我曾说：

秋月呀！

我不盼望你团圆。

这是秋月的特色，不论她是悬在落日残照边的新镰，与“黄昏晓”竞艳的眉钩，中宵斗没西陲的金碗，星云参差间的银床，以至一轮腴满的中秋，不论盈昃高下，总在原来澄爽明秋之中，遍洒着一种我只能称之为“悲哀的轻霭”和“传愁的以太”，即使你原来无愁，见此也禁不得沾染那“灰色的音调”，渐渐兴感起来！

秋月呀！
谁禁得起银指尖儿
浪漫地搔爬呵！

不信但看那一海的轻涛，可不是禁不住她玉指的抚摩，在那里低徊饮泣呢！就是那：

无聊的云烟，
秋月的美满，
熏暖了飘心冷眼，
也清冷地穿上了轻缟的衣裳，
来参与这
美满的婚姻和丧礼。

十月六日　志摩。

江行的晨暮

□朱　湘

美在任何的地方，即使是古老的城外，一个轮船码头的上面。

等船，在划子上，在暮秋夜里九点钟的时候，有一点冷的风。天与江，都暗了；不过，仔细的看去，江水还浮着黄色。中间所横着的一条深黑，那是江的南岸。

在众星的点缀里，长庚星闪耀得像一盏较远的电灯。一条水银色的光带晃动在江水之上。看得见一盏红色的渔灯。

岸上的房屋是一排黑的轮廓。一条趸船在四五丈以外的地点。模糊的电灯，平时令人不快的，在这时候，在这条趸船上，反而，不仅是悦目，简直是美了。在它的光围下面，聚集着一些人形的轮廓。不过，并听不见人声，像这条划子上这样。

忽然间，在前面江心里，有一些黝黯的帆船顺流而下，没有声音，像一些巨大的鸟。

一个商埠旁边的清晨。

太阳升上了有二十度；覆碗的月亮与地平线还有四十度的距离。几大片鳞云黏在浅碧的天空里；看来，云好像是在太阳的后面，并且远了不少。

山岭披着古铜色的衣，褶痕是大有画意的。

水汽腾上有两尺多高。有几只肥大的鸥鸟，它们，在阳光之内，暂时的闪白。

月亮是在左舷的这边。

水汽腾上有一尺多高；在这边，它是时隐时显的。在船影之内，它简直是看不见了。

颜色十分清润的，是远洲上的列树，水平线上的帆船。江水由船边的黄到中心的铁青到岸边的银灰色。有几只小轮在喷吐着煤烟：在烟囱的端际，它是黑色；在船影里，淡青，米色，苍白；在斜映着的阳光里，棕黄。

清晨时候的江行是色彩的。

故都的秋

□ 郁达夫

秋天，无论在什么地方的秋天，总是好的；可是啊，北国的秋，却特别地来得清，来得静，来得悲凉。我的不远千里，要从杭州赶上青岛，更要从青岛赶上北平来的理由，也不过想饱尝一尝这“秋”，这故都的秋味。

江南，秋当然也是有的，但草木凋得慢，空气来得润，天的颜色显得淡，并且又时常多雨而少风；一个人夹在苏州上海杭州，或厦门香港广州的市民中间，浑浑沌沌地过去，只能感到一点点清凉，秋的味，秋的色，秋的意境与姿态，总看不饱，尝不透，赏玩不到十足。秋并不是名花，也并不是美酒，那一种半开、半醉的状态，在领略秋的过程上，是不合适的。

不逢北国之秋，已将近十余年了。在南方每年到了秋天，总要想起陶然亭的芦花，钓鱼台的柳影，西山的虫唱，玉泉的夜月，潭柘寺的钟声。在北平即使不出门去吧，就是在皇城人海之中，租人家一椽破屋来住着，早晨起来，泡一碗浓茶，向院子一坐，你也能看得到很高很高的碧绿的天色，听得到青天下驯鸽的飞声。从槐树叶底，朝东细数着一丝一丝漏下来的日光，或在破壁腰中，静对着像喇叭似的牵牛花（朝荣）的蓝朵，自然而然地也能够感觉到十分的秋意。说到了牵牛花，我以为以蓝色或白色者为佳，紫黑色次之，淡红色最下。最好，还要在牵牛花底，教长着几根疏疏落落的尖细且长的秋草，使作陪衬。

北国的槐树，也是一种能使人联想起秋来的点缀。像花而又不是花的那一种落蕊，早晨起来，会铺得满地。脚踏上去，声音也没有，气味也没有，只能感出一点点极微细极柔软的触觉。扫街的在树影下一阵扫后，灰土上留下来的一条条扫帚的丝纹，看起来既觉得细腻，又觉得清闲，潜意识下并且还觉得有点儿落寞，古人所说的梧桐一叶而天下知秋的遥想，大约也就在这些深沉的地方。

秋蝉的衰弱的残声，更是北国的特产，因为北平处处全长着树，屋子又低，所以无论在什么地方，都听得见它们的啼唱。在南方是非要上郊外或山上去才听得到的。这秋蝉的嘶叫，在北方可和蟋蟀耗子一样，简直像是家家户户都养在家里的家虫。

还有秋雨哩，北方的秋雨，也似乎比南方的下得奇，下得有味，下得更像样。

在灰沉沉的天底下，忽而来一阵凉风，便息列索落地下起雨来了。一层雨过，云渐渐地卷向了西去，天又青了，太阳又露出脸来了，着着很厚的青布单衣或夹袄的都市闲人，咬着烟管，在雨后的斜桥影里，上桥头树底下去一立，遇见熟人，便会用了缓慢悠闲的声调，微叹着互答着地说：

“唉，天可真凉了——”（这了字念得很高，拖得很长。）

“可不是吗？一层秋雨一层凉了！”

北方人念阵字，总老像是层字，平平仄仄起来，这念错的歧韵，倒来得正好。

北方的果树，到秋天，也是一种奇景。第一是枣子树；屋角，墙头，茅房边上，灶房门口，它都会一株株地长大起来。像橄榄又像鸽蛋似的这枣子颗儿，在小椭圆形的细叶中间，显出淡绿微黄的颜色的时候，正是秋的全盛时期；等枣树叶落，枣子红完，西北风就要起来了，北方便是尘沙灰土的世界，只有这枣子、柿子、葡萄，成熟到八九分的七八月之交，是北国的清秋的佳日，是一年之中最好也没有的 Golden Days。

有些批评家说，中国的文人学士，尤其是诗人，都带着很浓厚的颓废的色彩，所以中国的诗文里，赞颂秋的文字的特别的多。但外国的诗人，又何尝不然？我虽则外国诗文念得不多，也不想开出帐来，做一篇秋的诗歌散文钞，但你若去一翻英德法意等诗人的集子，或各国的诗文的 Anthology 来，总能够看到许多关于秋的歌颂和悲啼。各著名的大诗人的长篇田园诗或四季诗里，也总以关于秋的部分，写得最出色而最有味。足见有感觉的动物，有情趣的人类，对于秋，总是一样地能特别引起深沉、幽远、严厉、萧索的感触来的。不单是诗人，就是被关闭在牢狱里的囚犯，到了秋天，我想也一定能感到一种不能自已的深情；秋之于人，何尝有国别，更何尝有人种阶级的区别呢？不过在中国，文字里有一个“秋士”的成语，读本里又有着很普遍的欧阳子的《秋声》与苏东坡的《赤壁赋》等，就觉得中国的文人，与秋的关系特别深了。可是这秋的深味，尤其是中国的秋的深味，非要在北方，才感受得到的。

南国之秋，当然也是有它的特异的地方的，比如廿四桥的明月，钱塘江的秋潮，普陀山的凉雾，荔枝湾的残荷等等，可是色彩不浓，回味不永。比起北国的秋来，正像是黄酒之与白干，稀饭之与馍馍，鲈鱼之与大蟹，黄犬之与骆驼。

秋天，这北国的秋天，若留得住的话，我愿把寿命的三分之二折去，换得一个三分之一的零头。

一九三四年八月，在北平。

江南的冬景

□ 郁达夫

凡在北国过过冬天的人，总都知道围炉煮茗，或吃煊羊肉，剥花生米，饮白干的滋味。而有地炉、暖炕等设备的人家，不管它门外面是雪深几尺，或风大若雷，而躲在屋里过活的两三个月的生活，却是一年之中最有劲的一段蛰居异境；老年人不必说，就是顶喜欢活动的小孩子们，总也是个个在怀恋的，因为当这中间，有的萝卜、雅儿梨等水果的闲食，还有大年夜、正月初一、元宵等热闹的节期。

但在江南，可又不同；冬至过后，大江以南的树叶，也不至于脱尽。寒风——西北风——间或吹来，至多也不过冷了一日两日。到得灰云扫尽，落叶满街，晨霜白得像黑女脸上的脂粉似的清早，太阳一上屋檐，鸟雀便又在吱叫，泥地里便又放出水蒸气来，老翁小孩就又可以上门前的隙地里去坐着曝背谈天，营屋外的生涯了；这一种江南的冬景，岂不也可爱得很么？

我生长江南，儿时所受的江南冬日的印象，铭刻特深；虽则渐入中年，又爱上了晚秋，以为秋天正是读读书，写写字的人的最惠节季，但对于江南的冬景，总觉得是可以抵得过北方夏夜的一种特殊情调，说得摩登些，便是一种明朗的情调。

我也曾到过闽粤，在那里过冬天，和暖原极和暖，有时候到了阴历的年边，说不定还不得不拿出纱衫来着；走过野人的篱落，更还看得见许多杂七杂八的秋花！一番阵雨雷鸣过后，凉冷一点，至多也只好换上一件夹衣，在闽粤之间，皮袍棉袄是绝对用不着的；这一种极南的气候异状，并不是我所说的江南的冬景，只能叫它作南国的长春，是春或秋的延长。

江南的地质丰腴而润泽，所以含得住热气，养得住植物；因而长江一带，芦花可以到冬至而不败，红叶亦有时候会保持得三个月以上的生命。像钱塘江两岸的乌桕树，则红叶落后，还有雪白的桕子着在枝头，一点一丛，用照相机照将出来，可以乱梅花之真。草色顶多成了赭色，根边总带点绿意，非但野火烧不尽，就是寒风也吹不倒的。若遇到风和日暖的午后，你一个人肯上冬郊去走走，则青天碧落之下，你不但感不到岁时的肃杀，并且还可以饱觉着一种莫名其妙的含蓄在那里的生气；“若是冬天来了，春天也总马上会来”的诗人的名句，只有在江南的山野里，最容易体会得出。

说起了寒郊的散步，实在是江南的冬日，所给与江南居住者的一种特异的恩惠；在北方的冰天雪地里生长的人，是终他的一生，也决不会有享受这一种清福的机会的。我不知道德国的冬天，比起我们江浙来如何，但从许多作家的喜欢以 Spaziergang 一字来做他们的创造题目的一点看来，大约是德国南部地方，四季的变迁，总也和我们的江南差仿不多。譬如说十九世纪的那位乡土诗人洛在格（Peter Rosegger, 1843—1918）吧，他用这一个“散步”做题目的文章尤其写得多，而所写的情形，却又是大半可以拿到中国江浙的山区地方来适用的。

江南河港交流，且又地滨大海，湖沼特多，故空气里时含水分；到得冬天，不时也会下着微雨，而这微雨寒村里的冬霖景象，又是一种说不出的悠闲境界。你试想想，秋收过后，河流边三五家人家会聚在一道的一个小村子里，门对长桥，窗临远阜，这中间又多是树枝槎桠的杂木树林；在这一幅冬日农村的图上，再洒上一层细得同粉也似的白雨，加上一层淡得几不成墨的背景，你说还够不够悠闲？若再要点景致进去，则门前可以泊一只乌篷小船，茅屋里可以添几个喧哗的酒客，天垂暮了，还可以加一味红黄，在茅屋窗中画上一圈暗示着灯光的月晕。人到了这一个境界，自然会得胸襟洒脱起来，终至于得失俱亡，死生不问了；我们总该还记得唐朝那位诗人做的“暮雨潇潇江上村”的一首绝句罢？诗人到此，连对绿林豪客都客气起来了，这不是江南冬景的迷人又是什么？

一提到雨，也就必然的要想到雪；“晚来天欲雪，能饮一杯无？”自然是江南日暮的雪景。“寒沙梅影路，微雪酒香村”，则雪月梅的冬宵三友，会合在一道，在调戏酒姑娘了。“柴门村犬吠，风雪夜归人”，是江南雪夜，更深人静后的景况。“前村深雪里，昨夜一枝开”又到了第二天的早晨，和狗一样喜欢弄雪的村童来报告村景了。诗人的诗句，也许不尽是在江南所写，而做这几句诗的诗人，也许不尽是江南人，但假了这几句诗来描写江南的雪景，岂不直截了当，比我这一枝愚劣的笔所写的散文更美丽得多？

有几年，在江南也许会没有雨没有雪的过一个冬，到了春间阴历的正月底或二月初再冷一冷下一点春雪的；去年（一九三四）的冬天是如此，今年的冬天恐怕也不得不然，以节气推算起来，大约太冷的日子，将在一九三六年的二月尽头，最多也总不过是七八天的样子。像这样的冬天，乡下人叫作旱冬，对于麦的收成或者好些，但是人口却要受到损伤；旱得久了，白喉、流行性感冒等疾病自然容易上身，可是想恣意享受江南的冬景的人，在这一种冬天，倒只会得感到快活一点，因为晴和的日子多了，上郊外去闲步逍遥的机会自然也多；日本人叫作 Hiking，德国人叫作 Spaziergang 狂者，所最欢迎的也就是这样的冬天。

窗外的天气晴朗得像晚秋一样；晴空的高爽，日光的洋溢，引诱得使你在房间里坐不住，空言不如实践，这一种无聊的杂文，我也不再想写下去了，还是拿起手杖，搁下纸笔，上湖上散散步吧！

一九三五年十二月一日。

钓台的春昼

□ 郁达夫

因为近在咫尺，以为什么时候要去就可以去，我们对于本乡本土的名区胜景，反而往往没有机会去玩，或不容易下一个决心去玩的。正唯其是如此，我对于富春江上的严陵，二十年来，心里虽每在记着，但脚却没有向这一方面走过。一九三一，岁在辛未，暮春三月，春服未成，而中央党帝，似乎又想玩一个秦始皇所玩过的把戏了，我接到了警告，就仓皇离去了寓居。先在江浙附近的穷乡里，游息了几天，偶而看见了一家扫墓的行舟，乡愁一动，就定下了归计。绕了一个大弯，赶到故乡，却正好还在清明寒食的节前。和家人等去上了几处坟，与许久不曾见过面的亲戚朋友，来往热闹了几天，一种乡居的倦息，忽而袭上心来了，于是乎我就决心上钓台访一访严子陵的幽居。

钓台去桐庐县城二十余里，桐庐去富阳县治九十里不足，自富阳溯江而上，坐小火轮三小时可达桐庐，再上则须坐帆船了。

我去的那一天，记得是阴晴欲雨的养花天，并且系坐晚班轮去的，船到桐庐，已经是灯火微明的黄昏时候了，不得已就只得在码头近边的一家旅馆的楼上借了一宵宿。

桐庐县城，大约有三里路长，三千多烟灶，一二万居民，地在富春江西北岸，从前是皖浙交通的要道，现在杭江铁路一开，似乎没有一二十年前的繁华热闹了。尤其要使旅客感到萧条的，却是桐君山脚下的那一队花船的失去了踪影。说起桐君山，却是桐庐县的一个接近城市的灵山胜地，山虽不高，但因有仙，自然是灵了。以形势来论，这桐君山，也的确是可以产生出许多口音生硬、别具风韵的桐严嫂来的生龙活脉。地处在桐溪东岸，正当桐溪和富春江合流之所，依依一水，西岸便瞰视着桐庐县市的人家烟村。南面对江，便是十里长洲；唐诗人方干的故居，就在这十里桐洲九里花的花田深处。向西越过桐庐县城，更遥遥对着一排高低不定的青峦，这就是富春山的山子山孙了。东北面山下，是一片桑麻沃地，有一条长蛇似的官道，隐而复现，出没盘曲在桃花杨柳洋槐榆树的中间；绕过一支小岭，便是富阳县的境界，大约去程明道的墓地程坟，总也不过一二十里地的间隔。我的去拜谒桐君，瞻仰道观，就在那一天到桐庐的晚上，是淡云微月，正在作雨的时候。

鱼梁渡头，因为夜渡无人，渡船停在东岸的桐君山下。我从旅馆踱了出来，先在离轮埠不远的渡口停立了几分钟。后来向一位来渡口洗夜饭米的年轻少妇，弓身请问了一回，才得到了渡江的秘诀。她说："你只须高喊两三声，船自会来的。"先谢了她教我的好意，然后以两手围成了播音的喇叭，"喂，喂，渡船请摇过来！"地纵声一喊，果然在半江的黑影当中，船身摇动了。渐摇渐近，五分钟后，我在渡口，却终于听出了咿呀柔橹的声音。时间似乎已经入了酉时的下刻，小市里的群动，这时候都已经静息；自从渡口的那位少妇，在微茫的夜色里，藏去了她那张白团团的面影之后，我独立在江边，不知不觉心里头却兀自感到了一种他乡日暮的悲哀。渡船到岸，船头上起了几声微微的水浪清音，又铜东的一响，我早已跳上了船，渡船也已经掉过头来了。坐在黑影沉沉的舱里，我起先只在静听着柔橹划水的声音，然后却在黑影里看出了一星船家在吸着的长烟管头上的烟火，最后因为被沉默压迫不过，我只好开口说话了："船家！你这样的渡我过去，该给你几个船钱？"我问。"随你先生把几个就是。"船家的说话冗慢幽长，似乎已经带着些睡意了，我就向袋里摸出了两角钱来。"这两角钱，就算是我的渡船钱，请你候我一会，上山去烧一次夜香，我是依旧要渡过江来的。"船家的回答，只是恩恩乌乌，幽幽同牛叫似的一种鼻音，然而从继这鼻音而起的两三声轻快的咳声听来，他却似已经在感到满足了，因为我也知道，乡间的义渡，船钱最多也不过是两三枚铜子而已。

到了桐君山下，在山影和树影交掩着的崎岖道上，我上岸走不上几步，就被一块乱石绊倒，滑跌了一次。船家似乎也动了恻隐之心了，一句话也不发，跑将上来，他却突然交给了我一盒火柴。我于感谢了一番他的盛意之后，重整步武，再摸上山去，先是必须点一枝火柴走三五步路的，但到得半山，路既就了规律，而微云堆里的半规月色，也朦胧地现出一痕银线来了，所以手里还存着的半盒火柴，就被我藏入了袋里。路是从山的西北，盘曲而上，渐走渐高，半山一到，天也开朗了一点，桐庐县市上的灯火，也星星可数了。更纵目向江心望去，富春江两岸的船上和桐溪合流口停泊着的船尾船头，也看得出一点一点的火来。走过半山，桐君观里的晚祷钟鼓，似乎还没有息尽，耳朵里仿佛听见了几丝木鱼钲钹的残声。走上山顶，先在半途遇着了一道道观外围的女墙，这女墙的栅门，却已经掩上了。在栅门外徘徊了一刻，觉得已经到了此门而不进去，终于是不能满足我这一次暗夜冒险的好奇怪癖的。所以细想了几次，还是决心进去，非进去不可，轻轻用手往里面一推，栅门却呀的一声，早已退向了后方开开了，这门原来是虚掩在那里的。进了栅门，踏着为淡月所映照的石砌平路，向东向南的前走了五六十步，居然走到了道观的大门之外，这两扇朱红漆的大门，不消说是紧闭在那里的。到了此地，我却不想再破门进去了，因为这大门是朝南向着大江开的，门外头是一条一丈来宽的石砌步道，步道的一旁是道观的墙，一旁便是山坡，靠山坡的一面，并且还有一道二尺来高的石墙筑在那里，大约是代替栏杆，防人倾跌下山去的用意，石墙之上，铺的是二三尺宽的青石，在这似石栏又似石凳的墙上，尽可以坐卧游息，饱看桐江和对岸的风景，就是在这里坐它一晚，也很可以，我又何必去打开门来，惊起那些老道的恶梦呢！

空旷的天空里，流涨着的只是些灰白的云，云层缺处，原也看得出半角的天，和一点两点的星，但看起来最饶风趣的，却仍是欲藏还露，将见仍无的那半规月影。这时候江面上似乎起了风，云脚的迁移，更来得迅速了，而低头向江心一看，几多散乱着的船里的灯光，也忽明忽灭地变换了一变换位置。

这道观大门外的景色，真神奇极了。我当十几年前，在放浪的游程里，曾向瓜州京口一带，消磨过不少的时日。那时觉得果然名不虚传的，确是甘露寺外的江山，而现在到了桐庐，昏夜上这桐君山来一看，又觉得这江山之秀而且静，风景的整而不散，却非那天下第一江山的北固山所可与比拟的了。真也难怪得严子陵，难怪得戴徵士，倘使我若能在这样的地方结屋读书，以养天年，那还要什么的高官厚禄，还要什么的浮名虚誉哩？一个人在这桐君观前的石凳上，看看山，看看水，看看城中的灯火和天上的星云，更做做浩无边际的无聊的幻梦，我竟忘记了时刻，忘记了自身，直等到隔江的击柝声传来，向西一看，忽而觉得城中的灯影微茫地减了，才跑也似的走下了山来，渡江奔回了客舍。

第二日清晨，觉得昨天在桐君观前做过的残梦正还没有续完的时候，窗外面忽而传来了一阵吹角的声音。好梦虽被打破，但因这同吹筚篥似的商音哀咽，却很含着些荒凉的古意，并且晓风残月，杨柳岸边，也正好候船待发，上严陵去；所以心里虽怀着了些儿怨恨，但脸上却只现出了一痕微笑，起来梳洗更衣，叫茶房去雇船去。雇好了一只双桨的渔舟，买就了些酒菜鱼米，就在旅馆前面的码头上上了船，轻轻向江心摇出去的时候，东方的云幕中间，已现出了几丝红韵，有八点多钟了。舟师急得厉害，只在埋怨旅馆的茶房，为什么昨晚上不预先告诉，好早一点出发。因为此去就是七里滩头，无风七里，有风七十里，上钓台去玩一趟回来，路程虽则有限，但这几日风雨无常，说不定要走夜路，才回来得了的。

过了桐庐，江心狭窄，浅滩果然多起来了。路上遇着的来往的行舟，数目也是很少，因为早晨吹的角，就是往建德去的快班船的信号，快班船一开，来往于两岸之间的船就不十分多了。两岸全是青青的山，中间是一条清浅的水，有时候过一个沙洲，洲上的桃花菜花，还有许多不晓得名字的白色的花，正在喧闹着春暮，吸引着蜂蝶。我在船头上一口一口地喝着严东关的药酒，指东话西地问着船家，这是什么山，那是什么港，惊叹了半天，称颂了半天，人也觉得倦了，不晓得什么时候，身子却走上了一家水边的酒楼，在和数年不见的几位已经做了党官的朋友高谈阔论。谈论之余，还背诵了一首两三年前曾在同一的情形之下做成的歪诗：

不是尊前爱惜身，佯狂难免假成真，
曾因酒醉鞭名马，生怕情多累美人。
劫数东南天作孽，鸡鸣风雨海扬尘，
悲歌痛哭终何补，义士纷纷说帝秦。

直到盛筵将散，我酒也不想再喝了，和几位朋友闹得心里各自难堪，连对旁边坐着的两位陪酒的名花都不愿意开口。正在这上下不得的苦闷关头，船家却大声的叫了起来说：

“先生，罗芷过了，钓台就在前面，你醒醒罢，好上山去烧饭吃去。”

擦擦眼睛，整了一整衣服，抬起头来一看，四面的水光山色又忽而变了样子了。清清的一条浅水，比前又窄了几分，四围的山包得格外的紧了，仿佛是前无去路的样子。并且山容峻削，看去觉得格外的瘦格外的高。向天上地下四围看看，只寂寂的看不见一个人类。双桨的摇响，到此似乎也不敢放肆了，钩的一声过后，要好半天才来一个幽幽的回响，静，静，静，身边水上，山下岩头，只沉浸着太古的静，死灭的静，山峡里连飞鸟的影子也看不见半只。前面的所谓钓台山上，只看得见两大个石垒，一间歪斜的亭子，许多纵横芜杂的草木。山腰里的那座祠堂，也只露着些废垣残瓦，屋上面连炊烟都没有一丝半缕，像是好久好久没有人住了的样子。并且天气又来得阴森，早晨曾经露一露脸过的太阳，这时候早已深藏在云堆里了，余下来的只是时有时无从侧面吹来的阴飕飕的半箭儿山风。船靠了山脚，跟着前面背着酒菜鱼米的船夫走上严先生祠堂的时候，我心里真有点害怕，怕在这荒山里要遇见一个干枯苍老得同丝瓜筋似的严先生的鬼魂。

在祠堂西院的客厅里坐定，和严先生的不知第几代的裔孙谈了几句关于年岁水旱的话后，我的心跳也渐渐儿的镇静下去了，嘱托了他以煮饭烧菜的杂务，我和船家就从断碑乱石中间爬上了钓台。

东西两石垒，高各有二三百尺，离江面约两里来远，东西台相去只有一二百步，但其间却夹着一条深谷。立在东台，可以看得出罗芷的人家，回头展望来路，风景似乎散漫一点，而一上谢氏的西台，向西望去，则幽谷里的清景，却绝对的不像是在人间了。我虽则没有到过瑞士，但到了西台，朝西一看，立时就想起了曾在照片上看见过的威廉退儿的祠堂。这四山的幽静，这江水的青蓝，简直同在画片上的珂罗版色彩，一色也没有两样，所不同的就是在这儿的变化更多一点，周围的环境更芜杂不整齐一点而已，但这却是好处，这正是足以代表东方民族性的颓废荒凉的美。

从钓台下来，回到严先生的祠堂——记得这是洪杨以后严州知府戴槃重建的祠堂——西院里饱啖了一顿酒肉，我觉得有点酩酊微醉了。手拿着以火柴柄制成的牙签，走到东面供着严先生神像的龛前，向四面的破壁上一看，翠墨淋漓，题在那里的，竟多是些俗而不雅的过路高官的手笔。最后到了南面的一块白墙头上，在离屋檐不远的一角高处，却看到了我们的一位新近去世的同乡夏灵峰先生的四句似邵尧夫而又略带感慨的诗句。夏灵峰先生虽则只知崇古，不善处今，但是五十年来，像他那样的顽固自尊的亡清遗老，也的确是没有第二个人。比较起现在的那些官迷的南满尚书和东洋宦婢来，他的经术言行，姑且不必去论它，就是以骨头来称称，我想也要比什么罗三郎郑太郎辈，重到好几百倍。慕贤的心一动，醺人臭技自然是难熬了，堆起了几张桌椅，借得了一枝破笔，我也向高墙上在夏灵峰先生的脚后放上了一个陈屁，就是在船舱的梦里，也曾微吟过的那一首歪诗。

从墙头上跳将下来，又向龛前天井去走了一圈，觉得酒后的喉咙，有点渴痒了，所以就又走回到了西院，静坐着喝了两碗清茶。在这四处无声，只听见我自己的啾啾喝水的舌音冲击到那座破院的败壁上去的寂静中间，同惊雷似的一响，院后的竹园里却忽而飞出了一声闲长而又有节奏似的鸡啼的声来。同时在门外面歇着的船家，也走进了院门，高声的对我说：

“先生，我们回去罢，已经是吃点心的时候了，你不听见那只鸡在后山啼么？我们回去罢！”

一九三二年八月在上海写。

白马湖之冬

□ 夏丏尊

在我过去四十余年的生涯中，冬的情味尝得最深刻的，要算十年前初移居白马湖的时候了。十年以来，白马湖已成了一个小村落，当我移居的时候，还是一片荒野。春晖中学的新建筑巍然矗立于湖的那一面，湖的这一面的山脚下是小小的几间新平屋，住着我和刘君心如两家。此外两三里内没有人烟。一家人于阴历十一月下旬从热闹的杭州移居这荒凉的山野，宛如投身于极带中。

那里的风，差不多日日有的，呼呼作响，好像虎吼。屋宇虽系新建，构造却极粗率，风从门窗隙缝中来，分外尖削，把门缝窗隙厚厚地用纸糊了，缝中却仍有透入。风刮得厉害的时候，天未夜就把大门关上，全家吃毕夜饭即睡入被窝里，静听寒风的怒号，湖水的澎湃。靠山的小后轩，算是我的书斋，在全屋子中风最小的一间，我常把头上的罗宋帽拉得低低地，在洋灯下工作至夜深。松涛如吼，霜月当窗，饥鼠吱吱在承尘上奔窜。我于这种时候深感到萧瑟的诗趣，常独自拨划着炉灰，不肯就睡，把自己拟诸山水画中的人物，作种种幽邈的遐想。

现在白马湖到处都是树木了，当时尚一株树木都未种。月亮与太阳都是整个儿的，从上山起直要照到下山为止。太阳好的时候，只要不刮风，那真和暖得不像冬天。一家人都坐在庭间曝日，甚至于吃午饭也在屋外，像夏天的晚饭一样。日光晒到哪里，就把椅凳移到哪里，忽然寒风来了，只好逃难似的各自带了椅凳逃入室中，急急把门关上。在平常的日子，风来大概在下午快要傍晚的时候，半夜即息。至于大风寒，那是整日夜狂吼，要二三日才止的。最严寒的几天，泥地看去惨白如水门汀，山色冻得发紫而黯，湖波泛深蓝色。

下雪原是我所不憎厌的，下雪的日子，室内分外明亮，晚上差不多不用燃灯。远山积雪足供半个月的观看，举头即可从窗中望见。可是究竟是南方，每冬下雪不过一二次。我在那里所日常领略的冬的情味，几乎都从风来。白马湖的所以多风，可以说有着地理上的原因。那里环湖都是山，而北首却有一个半里阔的空隙，好似故意张了袋口欢迎风来的样子。白马湖的山水和普通的风景地相差不远，唯有风却与别的地方不同。风的多和大，凡是到过那里的人都知道的。风在冬季的感觉中，自古占着重要的因素，而白马湖的风尤其特别。

现在，一家僦居上海多日了，偶然于夜深人静时听到风声，大家就要提起白马湖来，说“白马湖不知今夜又刮得怎样厉害哩！”

庐山面目

□ 丰子恺

“咫尺愁风雨，匡庐不可登。只疑云雾时，犹有六朝僧。”（钱起）这位唐朝诗人教我们“不可登”，我们没有听他的话，竟在两小时内乘汽车登上了匡庐。这两小时内气候由盛夏迅速进入了深秋。上汽车的时候九十五度，在汽车中先藏扇子，后添衣服，下汽车的时候不过七十几度了。赴第三招待所的汽车驶过正街闹市的时候，庐山给我的最初印象竟是桃源仙境：土地平旷，屋舍俨然；有茶馆酒楼，百货之属；黄发垂髫，并怡然自乐。不过他们看见了我们没有“乃大惊”，因为上山避暑休养的人很多，招待所满坑满谷，好容易留两个房间给我们住。庐山避暑胜地，果然名不虚传。这一天天气晴朗，凭窗远眺，但见近处古木参天，绿荫蔽日；远处岗峦起伏，白云出没。有时一带树林忽然不见，变成了一片云海；有时一片白云忽然消散，变成了许多楼台。正在凝望之间，一朵白云冉冉而来，钻进了我们的房间里。倘是幽人雅士，一定大开窗户，欢迎它进来共住；但我犹未免为俗人，连忙关窗谢客。我想，庐山真面目的不容易窥见，就为了这些白云在那里作怪。

庐山的名胜古迹很多，据说共有两百多处。但我们十天内游踪所到的地方，主要的就是小天池、花径、天桥、仙人洞、含鄱口、黄龙潭，乌龙潭等处而已。夏禹治水的时候曾经登大汉阳峰，周朝的匡俗曾经在这里隐居，晋朝的慧远法师曾经在东林寺门口种松树，王羲之曾经在归宗寺洗墨，陶渊时曾经在温泉附近的栗里村住家，李白曾经在五老峰下读书，白居易曾经在花径咏桃花，朱熹曾经在白鹿洞讲学，王阳明曾经在舍身岩散步，朱元璋和陈友谅曾经在天桥作战……古迹不可胜计。然而凭吊也颇伤脑筋，况且我又不是诗人，这些古迹不能激发我的灵感，跑去访寻也是枉然，所以除了乘便之外，大都没有专程拜访。有时我的太太跟着孩子们去寻幽探险了，我独自高卧在海拔一千五百公尺的山楼上，看看庐山风景照片和导游之类的书，山光照槛，云树满窗，尘嚣绝迹，凉生枕簟，倒是真正的避暑。我看到天桥的照片，游兴发动起来，有一天就跟着孩子们去寻访。爬上断崖去的时候，一位挂着南京大学徽章的教授告诉我："上面路很难走，老先生不必去吧。天桥的那条石头大概已经跌落，就只是这么一个断崖。"我抬头一年，果然和照片中所见不同：照片上是两个断崖相对，右面的断崖上伸出一根大石条来，伸向左面的断崖，但是没有达到，相距数尺，仿佛一脚可以跨过似的。然而实景中并没有石条，只是相距若干丈的两个断崖，我们所登的便是左面的断崖。我想：这地方叫做天桥，大概那根石条就是桥，如今桥已经跌落了。我们在断崖上坐看云起，卧听鸟鸣，又拍了几张照片，逍遥地步行回寓。晚餐的时候，我向管理局的同志探问这条桥何时跌落，他回答我说，本来没有桥，那照相是从某角度望去所见的光景。啊，我恍然大悟了：那位南京大学教授和我谈话的地方，即离开左面的断崖数十丈的地方，我的确看到有一根不很大的石条伸出在空中，照相镜头放在石条附近适当的地方，透视法就把石条和断崖之间的距离取消，拍下来的就是我所欣赏的照片。我略感不快，仿佛上了资本主义社会的商业广告的当。然而就照相术而论，我不能说它虚伪，只“太”巧妙了些。天桥这个名字也古怪，没有桥为什么叫天桥？

含鄱口左望扬子江，右瞰鄱阳湖，天下壮观，不可不看。有一天我们果然爬上了最高峰的亭子里。然而白云作怪，密密层层地遮盖了江和湖，不肯给我们看。我们在亭子里吃茶，等候了好久，白云始终不散，望下去白茫茫的，一无所见。这时候有一个人手里拿一把芭蕉扇，走进亭子来。他听见我们五个人讲土白，就和我招呼，说是同乡。原来他是湖州人，我们石门湾靠近湖州边界，语音相似。我们就用土白同他谈起天来。土白实在痛快，个个字入木三分，极细致的思想感情也充分表达得出。这位湖州客也实在不俗，句句都动听。他说他住在上海，到汉口去望儿子，归途在九江上岸，乘便一游庐山。我问他为什么带芭蕉扇，他回答说，这东西妙用无穷：热的时候扇风，太阳大的时候遮阴，下雨的时候代伞，休息的时候当坐垫，这好比济公活佛的芭蕉扇。因此后来我们谈起他的时候就称他为“济公活佛”。互相叙述游览经过的时候，他说他昨天上午才上山，知道正街上的馆子规定时间卖饭票，他就在十一点钟先买了饭票，然后拿了酒瓶回到馆子里来吃午饭，这顿午饭吃得真开心。这番话我也听得真开心。白云只管把扬子江和鄱阳湖封锁，死不肯给我们看。时候不早，汽车在山下等候，我们只得别了济公活佛回招待所去。此后济公活佛就变成了我们的谈话资料。姓名地址都没有问，再见的希望绝少，我们已经把他当作小说里的人物看待了。谁知天地之间事有凑巧：几天之后我们下山，在九江的浔庐餐厅吃饭的时候，济公活佛忽然又拿着芭蕉扇出现了。原来他也在九江候船返沪。我们又互相叙述别后游览经过。此公单枪匹马，深入不毛，所到的地方比我们多得多。我只记得他说有一次独自走到一个古塔的顶上，那里面跳出一只黄鼠狼来，他打湖州白说：“渠被吾吓了一吓，吾也被渠吓了一吓！”我觉得这简直是诗，不过没有叶韵。宋杨万里诗云：“意行偶到无人处，惊起山禽我亦惊。”岂不就是这种体验吗？现在有些白话诗不讲叶韵，就把白话写成每句一行，一个“但”字占一行，一个“不”字也占一行，内容不知道说些什么，我真不懂。这时候我想：倘能说得像我们的济公活佛那样富有诗趣，不叶韵倒也没有什么。

在九江的浔庐餐厅吃饭，似乎同在上海差不多。山上的吃饭情况就不同：我们住的第三招待所离开正街有三四里路，四周毫无供给，吃饭势必包在招待所里。价钱很便宜，饭菜也很丰富。只是听凭配给，不能点菜，而且吃饭时间限定。原来这不是菜馆，是一个膳堂，仿佛学校的饭厅。我有四十年不过饭厅生活了，颇有返老还童之感。跑三四里路，正街上有一所菜馆。然而这菜馆也限定时间，而且供应量很有限，若非趁早买票，难免枵腹游山。我们在轮船里的时候，吃饭分五六班，每班限定二十分钟，必须预先买票。膳厅里写明请勿喝酒。有一个乘客说："吃饭是一件任务。"我想：轮船里地方小，人多，倒也难怪；山上游览之区，饮食一定便当。岂知山上的菜馆不见得比轮船里好些。我很希望下年这种办法加以改善。为什么呢，这到底是游览之区！并不是学校或学习班！人们长年劳动，难得游山玩水，游兴好的时候难免把吃饭延迟些，跑得肚饥的时候难免想吃些点心。名胜之区的饮食供应倘能满足游客的愿望，使大家能够畅游，岂不是美上加美呢？然而庐山给我的总是好感，在饮食方面也有好感：青岛啤酒开瓶的时候，白沫四散喷射，飞溅到几尺之外。我想，我在上海一向喝光明啤酒，原来青岛啤酒气足得多。回家赶快去买青岛啤酒，岂知开出来同光明啤酒一样，并无白沫飞溅。啊，原来是海拔一千五百公尺的气压的关系！庐山上的啤酒真好！

一九五六年九月作于上海。

秋

□ 丰子恺

我的年岁上冠用了“三十”二字，至今已两年了。不解达观的我，从这两个字上受到了不少的暗示与影响。虽然明明觉得自己的体格与精力比二十九岁时全然没有什么差异，但“三十”这一个观念笼在头上，犹之张了一顶阳伞，使我的全身蒙了一个暗淡色的阴影，又仿佛在日历上撕过了立秋的一页以后，虽然太阳的炎威依然没有减却，寒暑表上的热度依然没有降低，然而只当得余威与残暑，或霜降木落的先驱，大地的节候已从今移交于秋了。

实际，我两年来的心情与秋最容易调和而融合。这情形与从前不同。在往年，我只慕春天。我最欢喜杨柳与燕子。尤其欢喜初染鹅黄的嫩柳。我曾经名自己的寓居为“小杨柳屋”，曾经画了许多杨柳燕子的画，又曾经摘取秀长的柳叶，在厚纸上裱成各种风调的眉，想象这等眉的所有者的颜貌，而在其下面添描出眼鼻与口。那时候我每逢早春时节，正月二月之交，看见杨柳枝的线条上挂了细珠，带了隐隐的青色而“遥看近却无”的时候，我心中便充满了一种狂喜，这狂喜又立刻变成焦虑，似乎常常在说：“春来了！不要放过！赶快设法招待它，享乐它，永远留住它。”我读了“良辰美景奈何天”等句，曾经真心地感动，以为古人都太息一春的虚度，前车可鉴！到我手里决不放它空过了。最是逢到了古人惋惜最深的寒食清明，我心中的焦灼便更甚。那一天我总想有一种足以充分酬偿这佳节的举行。我准拟作诗，作画，或痛饮，漫游。虽然大多不被实行；或实行而全无效果，反而中了酒，闹了事，换得了不快的回忆；但我总不灰心，总觉得春的可恋。我心中似乎只有知道春，别的三季在我都当作春的预备，或待春的休息时间，全然不曾注意到它们的存在与意义。而对于秋，尤无感觉：因为夏连续在春的后面，在我可当作春的过剩；冬先行春的前面，在我可当作春的准备；独有与春全无关联的秋，在我心中一向没有它的位置。

自从我的年龄告了立秋以后，两年来的心境完全转了一个方向，也变成秋天了。然而情形与前不同：并不是在秋日感到像昔日的狂喜与焦灼。我只觉得一到秋天，自己的心境便十分调和。非但没有那种狂喜与焦灼，且常常被秋风秋雨秋色秋光所吸引而融化在秋中，暂时失却了自己的所在。而对于春，又并非像昔日对于秋的无感觉。我现在对于春非常厌恶。每当万象回春的时候，看到群花的斗艳，蜂蝶的扰攘，以及草木昆虫等到处争先恐后地滋生繁殖的状态，我觉得天地间的凡庸，贪婪，无耻，与愚痴，无过于此了！尤其是在青春的时候，看到柳条上挂了隐隐的绿珠，桃枝上着了点点的红斑，最使我觉得可笑又可怜。我想唤醒一个花蕊来对它说：“啊！你也来反复这老调了！我眼看见你的无数的祖先，个个同你一样地出世，个个努力发展，争荣竞秀；不久没有一个不憔悴而化泥尘。你何苦也来反复这老调呢？如今你已长了这孽根，将来看你弄娇弄艳，装笑装颦，招致了蹂躏、摧残、攀折之苦，而步你的祖先们的后尘！”

实际，迎送了三十几次的春来春去的人，对于花事早已看得厌倦，感觉已经麻木，热情已经冷却，决不会再像初见世面的青年少女地为花的幻姿所诱惑而赞之，叹之，怜之，惜之了。况且天地万物，没有一件逃得出荣枯，盛衰，生灭，有无之理。过去的历史昭然地证明着这一点，无须我们再说。古来无数的诗人千篇一律地为伤春惜花费词，这种效颦也觉得可厌。假如要我对于世间的生荣死灭费一点词，我觉得生荣不足道，而宁愿欢喜赞叹一切的死灭。对于死者的贪婪，愚昧，与怯弱，后者的态度何等谦逊，悟达，而伟大！我对于春与秋的舍取，也是为了这一点。

夏目漱石三十岁的时候，曾经这样说：“人生二十而知有生的利益；二十五而知有明之处必有暗；至于三十的今日，更知明多之处暗亦多，欢浓之时愁亦重。”我现在对于这话也深抱同感；有时又觉得三十的特征不止这一端，其更特殊的是对于死的体感。青年们恋爱不遂的时候惯说生生死死，然而这不过是知有“死”的一回事而已，不是体感。犹之在饮冰挥扇的夏日，不能体感到围炉拥衾的冬夜的滋味。就是我们阅历了三十几度寒暑的人，在前几天的炎阳之下也无论如何感不到浴日的滋味。围炉，拥衾，浴日等事，在夏天的人的心中只是一种空虚的知识，不过晓得将来须有这些事而已，但是不能体感它们的滋味。须得入了秋天，炎阳逞尽了威势而渐渐退却，汗水浸胖了的肌肤渐渐收缩，身穿单衣似乎要打寒噤，而手触法兰绒觉得快适的时候，于是围炉，拥衾，浴日等知识方能渐渐融入体验界中而化为体感。我的年龄告了立秋以后，心境中所起的最特殊的状态便是这对于“死”的体感。以前我的思虑真疏浅！以为春可以常在人间，人可以永在青年，竟完全没有想到死。又以为人生的意义只在于生，我的一生最有意义，似乎我是不会死的。直到现在，仗了秋的慈光的鉴照，死的灵气钟育，才知道生的甘苦悲欢，是天地间反复过亿万次的老调，又何足珍惜？我但求此生的平安的度送与脱出而已。犹之罹了疯狂的人，病中的颠倒迷离何足计较？但求其去病而已。

我正要搁笔，忽然西窗外黑云弥漫，天际闪出一道电光，发出隐隐的雷声，骤然洒下一阵夹着冰雹的秋雨。啊！原来立秋过得不多天，秋心稚嫩而未曾老练，不免还有这种不调和的现象，可怕哉！

一九二九年秋日。

途　中

□ 梁遇春

今天是个潇洒的秋天，飘着零雨，我坐在电车里，看到沿途店里的伙计们差不多都是懒洋洋地在那里谈天，看报，喝茶——喝茶的尤其多，因为今天实在有点冷起来了。还有些只是倚着柜头，望望天色。总之纷纷扰扰的十里洋场顿然现出闲暇悠然的气概，高楼大厦的商店好像都化做三间两舍的隐庐，里面那班平常替老板挣钱，向主顾陪笑的伙计们也居然感到了生活余裕的乐处，正在拉闲扯散地过日，仿佛全是古之隐君子了。路上的行人也只是稀稀的几个，连坐在电车里面上银行去办事的洋鬼子们也燃着烟斗，无聊赖地看报上的广告，平时的燥气全消，这大概是那件雨衣的效力罢！到了北站，换上去西乡的公共汽车，雨中的秋之田野是别有一种风味的。外面的濛濛细雨是看不见的，看得见的只是车窗上不断地来临的小雨点，同河面上错杂得可喜的纤纤雨脚。此外还有粉般的小雨点从破了的玻璃窗进来，栖止在我的脸上。我虽然有些寒战，但是受了雨水的洗礼，精神变成格外地清醒。已撄世网，醉生梦死久矣的我真不容易有这么清醒，这么气爽。再看外面的景色，既没有像春天那娇艳得使人们感到它的不能久留，也不像冬天那样树枯草死，好似世界是快毁灭了，却只是静默默地，一层轻轻的雨雾若隐若现地盖着，把大地美化了许多，我不禁微吟着乡前辈姜白石[①]的诗句，真是“人生难得秋前雨”。忽然想到今天早上她皱着眉头说道：“这样凄风苦雨的天气，你也得跑那么远的路程，这真可厌呀！”我暗暗地微笑。她哪里晓得我正在凭窗赏玩沿途的风光呢？她或者以为我现在必定是哭丧着脸，像个到刑场的死囚，万不会想到我正流连着这叶尚未凋，草已添黄的秋景。同情是难得的，就是错误的同情也是无妨，所以我就让她老是这样可怜着我的仆仆风尘罢；并且有时我有什么逆意的事情，脸上露出不豫的颜色，可以借路中的辛苦来遮掩，免得她一再追究，最后说出真话，使她平添了无数的愁绪。

其实我是个最喜欢在十丈红尘里奔走道路的人。我现在每天在路上的时间差不多总在两点钟以上，这是已经有好几月

① 即姜夔（约1155－约1221），号白石道人。南宋著名词人，精通音乐。

了，我却一点也不生厌，天天走上电车，老是好像开始蜜月旅行一样。电车上和道路上的人们彼此多半是不相识的，所以大家都不大拿出假面孔来，比不得讲堂里，宴会上，衙门里的人们那样彼此拼命地一味敷衍。公园，影戏院，游戏场，馆子里面的来客个个都是眉花眼笑的，最少也装出那么样子，墓地，法庭，医院，药店的主顾全是眉头皱了几十纹的，这两下都未免太单调了，使我们感到人世的平庸无味，车子里面和路上的人们却具有万般色相，你坐在车里，只要你睁大眼睛不停地观察了三十分钟，你差不多可以在所见的人们脸上看出人世一切的苦乐感觉同人心的种种情调。你坐在位子上默默地鉴赏，同车的客人们老实地让你从他们的形色举止上去推测他们的生平同当下的心境，外面的行人一一现你眼前，你尽可恣意瞧着，他们并不会晓得，而且他们是这么不断地接连走过，你很可以拿他们来彼此比较，这种普通人的行列的确是比什么赛会都有趣得多，路上源源不绝的行人可说是上帝设计的赛会，当然胜过了我们佳节时红红绿绿的玩意儿了。并且在路途中我们的心境是最宜于静观的，最能吸收外界的刺激的。我们通常总是有事干，正经事也好，歪事也好，我们的注意免不了特别集中在一点上，只有路途中，尤其走熟了的长路，在未到目的地以前，我们的方寸是悠然的，不专注于一物，却是无所不留神的，在匆匆忙忙的一生里，我们此时才得好好地看一看人生的真况。所以无论从哪一方面说起，途中是认识人生最方便的地方。车中，船上同人行道可说是人生博览会的三张入场券，可惜许多人把它们当做废纸，空走了一生的路。我们有一句古话；“读万卷书，行万里路。”所谓行万里路自然是指走遍名山大川，通都大邑，但是我觉换一个解释也是可以。一条的路你来往走了几万遍，凑成了万里这个数目，只要你真用了你的眼睛，你就可以算是懂得人生的人了。俗语说道：“秀才不出门，能知天下事。”我们不幸未得入泮①，只好多走些路，来见见世面罢！对于人生有了清澈的观照，世上的荣辱祸福不足以扰乱内心的恬静，我们的心灵因此可以获到永久的自由，可见个个的路都是到自由的路，并不限于罗素先生所钦定的；所怕的就是面壁参禅，目不窥路的人们，他们自甘沦落，不肯上路，的确是无法可办。读书是间接地去了解人生，走路是直接地去了解人生，一落言诠，便非真谛，所以我觉得万卷书可以搁开不念，万里路非放步走去不可。

了解自然，更是非走路不可。但是我觉得有意的旅行倒不如通常的走路那样能与自然更见亲密。旅行的人们心中只惦着他的目的地，精神是紧张的。实在不宜于裕然地接受自然的美景。并且天下的风光是活的，并不拘于一谷一溪，一洞一岩，旅行的人们所看的却多半是这些名闻四海的死景，人人莫名其妙地照例赞美的胜地。旅行的人们也只得依样葫芦一番，做了万古不移的传统的奴隶。这又何苦呢？并且只有自己发现出的美景对着我们才会有贴心的亲切感觉，才会感动了整个心灵，

① 旧指考中秀才为“入泮”。泮宫，古代的学府。

而这些好景却大抵是得之偶然的，绝不能强求。所以有时因公外出，在火车中所瞥见的田舍风光会深印在我们的心坎里，而花了盘川，告了病假去赏玩的名胜倒只是如烟如雾地浮动在记忆的海里。今年的春天同秋天，我都去了一趟杭州，每天不是坐在划子里听着舟子的调度，就是跑山，恭敬地聆着车夫的命令，一本薄薄的指南隐隐地含有无上的威权，等到把所谓胜景一一领略过了，重上火车，我的心好似去了重担。当我再继续过着我通常的机械生活，天天自由地东瞧西看，再也不怕受了舟子，车夫，游侣的责备，再也没有什么应该非看不可的东西，我真快乐得几乎发狂。西泠的景色自然是渐渐消失得无影无迹，可惜消失得太慢，起先还做了我几个噩梦的背境。当我梦到无私的车夫，带我走着崎岖难行的宝石山或者光滑不能住足的往龙井的石路，不管我怎样求免，总是要迫我去看烟霞洞的烟霞同龙井的龙角。谢谢上帝，西湖已经不再浮现在我的梦中了。而我生平所最赏心的许多美景是从到西乡的公共汽车的玻璃窗得来的。我坐在车里，任它一上一下，一左一右地跳荡，看着老看不完的十八世纪长篇小说，有时闭着书随便望一望外面天气，忽然觉得青翠迎人，遍地散着香花，晴天现出不可描摹的蓝色。我顿然感到春天已到大地，这时我真是神魂飞在九霄云外了。再去细看一下，好景早已过去，剩下的是闸北污秽的街道，明天再走到原地，一切虽然仍旧，总觉得有所不足，与昨天是不同的，于是乎那天的景色永留在我的心里。甜蜜的东西看得太久了也会厌烦，真真的好景都该这样一瞬即逝，永不重来。婚姻制度的最大毛病也就是在于日夕聚首：将一切好处都因为太熟而化成坏处了。此外在热狂的夏天，风雪载途的冬季我也常常出乎意料地获到不可名言的妙境，滋润着我的心田。会心不远，真是陆放翁所谓的“何处楼台无月明”①。自己培养有一个易感的心境，那么走路的确是了解自然的捷径。

“行”不单是可以使我们清澈地了解人生同自然，它自身又是带有诗意的，最浪漫不过的。雨雪霏霏，杨柳依依，这些境界只有行人才有福享受的。许多奇情逸事也都是靠着几个人的漫游而产生的。《西游记》，《镜花缘》，《老残游记》，Cervantes 的《吉诃德先生》（*Don Quix-ote*）②，Swift 的《海外轩渠录》（*Gulliver's Travels*）③，Bunyan 的《天路历程》（*Pilgrim's Progress*）④，Cowper 的《痴汉骑马歌》（*Jolin Gilpin*）⑤，Dickens 的 *Pickwick Papers*⑥，Byron 的 *Childe Harold's Pilgrimage*⑦，

---

① 陆游的名句。陆游（1125—1210），南宋著名诗人，号放翁。“何处楼台无月明”，见其《排闷》一诗。

② 塞万提斯（1547—1616），西班牙小说家、戏剧家、诗人。他的巨著《吉诃德先生》一般今译《堂吉诃德》。

③ 即斯威夫特的《格列佛游记》。1906年林纾、魏易的译本题《海外轩渠录》名。

④ 班扬（John Bunyan 1628—1688），英国清教徒牧师和传道士。《天路历程》为他在狱中所写梦境寓言式的讽喻小说，是世界名著。

⑤ 柯珀所著《痴汉骑马歌》，今译《约翰·吉尔平》。

⑥ 狄更斯的《匹克威克外传》。

⑦ 拜伦的长诗《恰尔德·哈罗尔德游记》。他的成名之作，将游记与抒情诗结合，通过旅行者的眼光记下欧洲各国风光及对人世的感叹。

Fielding 的 *Joseph Andrews*[①]，Gogols 的 *Dead Souls*[②] 等不可一世的杰作没有一个不是以“行”为骨子的，所说的全是途中的一切，我觉得文学的浪漫题材在爱情以外，就要数到“行”了。陆放翁是个豪爽不羁的诗人，而他最出色的杰作却是那些纪行的七言。我们随便抄下两首，来代我们说出“行”的浪漫性吧！

剑南道中遇微雨

衣上征尘杂酒痕，远游无处不销魂，
此身合是诗人未，细雨骑驴入剑门。

南定楼遇急雨

行遍梁州到益州，今年又作度泸游，
江山重复争供眼，风雨纵横乱入楼，
人语朱离逢峒獠，棹歌欸乃下吴州，
天涯住稳归心懒，登览茫然却欲愁。

因为“行”是这么会勾起含有诗意的情绪的，所以我们

① 菲尔丁（1707—1754）著的《约瑟夫·安德鲁斯》，全名应为《约瑟夫·安德鲁斯及其朋友亚伯拉罕·亚当斯先生的冒险故事》，仿塞万提斯的风格而写。可以看出其基本内容是主人公旅途的经历。

② 果戈里的《死魂灵》。主人公乞乞科夫为收购农奴“死魂灵”而到偏僻外省的各地主庄园游历。

从“行”可以得到极愉快的精神快乐，因此“行”是解闷销愁的最好法子，将濒自杀的失恋人常常能够从漫游得到安慰，我们有时心境染上凄迷的色调，散步一下，也可以解去不少的忧愁。Hawthorne[①] 同 Edgar Allen Poe[②] 最爱描状一个心里感到空虚的悲哀的人不停地在城里的各条街道上回复地走了又走，以冀对于心灵的饥饿能够暂时忘却，Dostoivsky[③] 的《罪与罚》里面的 Raskolinkov[④] 犯了杀人罪之后，也是无目的到处乱走，仿佛走了一下，会减轻了他心中的重压。甚至于有些人对于“行”具有绝大的趣味，把别的趣味一齐压下了，Stevenson[⑤] 的《流浪汉之歌》就表现出这样的一个人物，他在最后一段里说道：“财富我不要，希望，爱情，知己的朋友，我也不要；我所要的只是上面的青天同脚下的道路。”

Wealth l ask not,hope nor love,
Nor a friend to know me;
All I ask,the heaven above
And the road below me.

---

① 霍桑。

② 爱伦·坡。

③ 陀思妥耶夫斯基。

④ 拉斯科尔尼柯夫，《罪与罚》中主要人物。

⑤ 斯蒂文森。

Walt Whitman① 也是一个歌颂行路的诗人，他的《大路之歌》真是“行”的绝妙赞美诗，我就引他开头的雄浑诗句来做这段的结束罢！

A foot and light-hearted I take to the open road,

Healthy,free, the world before me,

The long brown path before me leading wherever I choose.

我们从摇篮到坟墓也不过是一条道路，当我们正寝以前，我们可说是老在途中。途中自然有许多的苦辛，然而四围的风光和同路的旅人都是极有趣的，值得我们跋涉这程路来细细地鉴赏。除开这条悠长的道路外，我们并没有别的目的地，走完了这段征程，我们也走出了这个世界，重回到起点的地方了。科学家说我们就归于毁灭了，再也不能重走上这段路途，主张灵魂不灭的人们以为来日方长，这条路我们还能够一再重走了几千万遍。将来的事，谁去管它，也许这条路有一天也归于毁灭，我们还是今天有路今天走罢，最要紧的是不要闭着眼睛，朦朦一生，始终没有看到了世界。

十八年十一月五日。

① 惠特曼。

平绥路旅行小记

□胡　适

从七月三日到七月七日，我们几个朋友——金旬卿先生，金仲藩先生和他的儿子建午，任叔永先生和他的夫人陈衡哲女士，我和我的儿子思杜，共七人——走遍了平绥铁路的全线，来回共计一千六百公里。我们去的时候，一路上没有停留，一直到西头的包头站。在包头停了半天，回来的路上在绥远停了一天，大同停了大半天，张家口停了几个钟头。这是很匆匆的旅行，谈不到什么深刻的观察，只有一些初次的印象，写出来留作后日重游的资料。（去年七月，燕京大学顾颉刚、郑振铎、吴文藻、谢冰心诸先生组织了一个平绥路沿线旅行团，他们先后共费了六星期，游览的地方比我们多。冰心女士有几万字的

《平绥沿线旅行记》；郑振铎先生等有《西北胜迹》，都是平绥路上游人不可少的读物。）

我们这一次同行的人都是康乃尔大学的旧同学，也可以说是一个康乃尔同学的旅行团。金旬卿先生（涛）是平绥路总工程师，他是我们康乃尔同学中的前辈。现任的平绥路局长沈立孙先生（昌）也是康乃尔的后期同学。平绥路上向来有不少的康乃尔同学担任机务工务的事；这两年来平绥路的大整顿更是金沈两位努力的成绩。我们这一次旅行的一个目的是要参观这几个同学在短时期中造成的奇迹。

平绥路自从民国十二年以来，屡次遭兵祸，车辆桥梁损失最大。民国十七八年时，机车只剩七十二辆，货车只剩五百八十三辆（抵民国十三年的三分之一），客车只剩三十二辆（抵民国十五年的六分之一），货运和客运都不能维持了。加上政治的紊乱，管理的无法，债务的累积，这条铁路就成了全国最破坏最腐败的铁路。丁在君先生每回带北大学生去口外作地质旅行回来，总对我们诉说平绥路的腐败情形；他在他的《苏俄游记》里，每次写火车上的痛苦，也总提出平绥路来作比较。我在北平住了这么多年，到去年才去游长城，这虽然是因为我懒于旅行，其实一半也因为我耳朵里听惯了这条路腐败的可怕。

我们这一次旅行平绥路全线，真使我们感觉一种奇迹的变换。车辆（机车，货车，客车）虽然还没有完全恢复此路全盛时期的辆数，然而修理和购买的车辆已可以勉强应付全路的需

□胡　适

要了。特别快车的整理，云岗与长城的特别游览车的便利，是大家知道的。有一些重要而人多忽略的大改革，是值得记载的：（一）枕木的改换。全路枕木一百五十多万根，年久了，多有朽坏；这两年中，共换了枕木六十万根。（二）造桥。全路约有桥五百孔，两年中改造的已有一百多孔；凡新造的桥，都用钢梁，增加原有的载重量。（三）改线。平绥路有些地方，坡度太陡，弯线太紧，行车很困难，故有改路线的必要。最困难的是那有名的“关沟段”（自南口起至康庄止）。这两年中，改线的路已成功的约有十一英里。

平绥路的最大整顿是债务的清理。这条路在二十多年前，借内外债总额为七千六百余万元，当金价最高时，约值一万万元。而全路的财产不过值六千万元。所以人都说平绥是一条最没有希望的路。沈立孙局长就职后，他决心要整顿本路的债务。他的办法是把债务分作两种，本金在十万元以上的债款为巨额债户，十万元以下的为零星债户。零星债款的偿还有两个办法：一为按本金折半，一次付清，不计利息；一为按本金全数分六十期摊还，也不计利息。巨额债款的偿还办法是照一本一利分八百期摊还。巨额债户之中，有几笔很大的外债，如美国的泰康洋行，如日本的三井洋行与东亚兴业株式会社，都是大债主。大多数债户对于平绥路，都是久已绝望的，现在平绥路有整理债务的方案出来，大家都喜出望外，所以都愿意迁就路局的办法。所以第一年整理的结果，就清理了六十二宗借款，原欠本利为六千一百八十五万余元，占全路总债务的十分之八，清理之后，减折作三千六百三十万余元。所以一年整理的结果居然减少了二千五百五十万元的负债，这真可说是一种奇迹了。

我常爱对留学回来的朋友讲一个故事。十九世纪中，英国有一个宗教运动，叫做“牛津运动”（Oxford Movement），其中有一个领袖就是后来投入天主教，成为主教的牛曼（Cardinal Newman）。牛曼和他的同志们做了不少宗教诗歌，写在一本小册子上；在册子的前面，牛曼题了一句荷马的诗，他自己译成英文：You shall see the difference, now that we are back again。我曾译成中文，就是：“现在我们回来了，你们请看，要换个样子了。”我常说，个个留学生都应该把这句话刻在心上，做我们的口号。可惜许多留学回来的朋友都没有这种气魄敢接受这句口号。这一回我们看了我们的一位少年同学（沈局长今年只有三十一岁）在最短时期中把一条腐败的铁路变换成一条最有成绩的铁路，可见一二人的心力真可使山河变色，牛曼的格言是不难做到的。

当然，平绥路的改革成绩不全是一二人的功劳。最大的助力是中央政治的权力达到了全路的区域。这条路经过四省（河北，察，山西，绥），若如从前的割据局势，各军队可以扣车，可以干涉路政，可以扣留路款，可以随便作战，那么，虽有百十个沈昌，也不会有成绩。现在政治统一的势力能够达到全路，所以全路的改革能逐渐实行。现在平绥路每月只担负北平军分会的经费六十万元，此外各省从不闻有干涉铁路收入的事；察哈尔同绥远两个省政府各留一辆包车，此外也绝无扣车的事。现在各省的军政领袖也颇能明白铁路上的整顿有效就是直接间接的增加各省府的财政收入，所以他们也都赞助铁路当局的改革工作。这都可见政治统一是内政一切革新的基本条件。有了这个基本条件，加上个人的魄力与新式知识训练，肯做事的人断乎不怕没有好成绩的。

我们这回旅行的另一个目的是游大同的云岗石窟。我个人抱了游云岗的心愿，至少有十年了，今年才得如愿，所以特别高兴。我们到了云岗，才知道这些大石窟不是几个钟头看得完的，至少须一个星期的详细攀登赏玩，还要带着很好的工具，才可以得着一些正确的印象。我们在云岗勾留了不过两个多钟头，当然不能作详细的报告。

云岗在大同的西面，在武州河的西岸，古名武州塞，又称武州山。从大同到此，约三十里，有新修的汽车路，虽须两次涉武州河，但道路很好，大雨中也不觉得困难。云岗诸石窟，旧有十大寺，久已毁坏。顺治八年总督佟养量重修其一小部分，称为石佛古寺。这一部分现存两座三层楼，气象很狭小简陋，决不是原来因山造寺的大规模。两楼下各有大佛，高五丈余，从三层楼上才望见佛头。这一部分，清朝末年又重修过，大佛都被装金，岩上石刻各佛也都被装修涂彩，把原来雕刻的原形都遮掩了。

道宣《续高僧传》卷一《昙曜传》说：

> 昙曜……住恒安石窟通乐寺，即魏帝之所造也，去恒安西北三十里，武州山谷北面石岩，就而镌之，建立佛寺，名曰灵岩。龛之大者，举高二十余丈，可受三千许人。面别镌象，穷诸巧丽；龛别异状，骇动人神。栉比相连，三十余里。东头僧寺，恒供千人。碑碣见存，未卒陈委。

以我们所见诸石窟，无有“可受三千许人”的龛，也无有能“恒供千人”的寺。大概当日石窟十寺的壮丽弘大，已非我们今日所能想像了。大凡一个宗教的极盛时代，信士信女都充满着疯狂的心理，烧臂焚身都不顾惜，何况钱绢的布施？所以六朝至唐朝的佛寺的穷极侈丽，是我们在这佛教最衰微的时代不能想像的。北魏建都大同，《魏书·释老志》说，当太和初年（四七七），“京城内寺，新旧且百所，僧尼二千余人。四方诸寺六千四百七十八，僧尼七万七千二百五十八人”。太和十七年（四九三）迁都洛阳，杨衒之在《洛阳伽蓝记序》中说：“京城表里凡有一千余寺。”杨衒之在东魏武定五年（五四七）重到洛阳，他只看见：

> 城廓崩毁，宫室倾覆，寺观灰烬，庙塔丘墟。墙被蒿艾，巷罗荆棘，野兽穴于荒阶，山鸟巢于庭树；

游儿牧竖踯躅于九逵，农夫耕稼艺黍于双阙。

我们在一千五百年后来游云岗，只看见这一座很简陋的破寺，寺外一道残破的短墙，包围着七八处大石窟；短墙之西，还有九个大窟，许多小窟，面前都有贫民的土屋茅篷，猪粪狗粪满路都是，石窟内也往往满地是鸽翎与鸽粪，又往往可以看见乞丐住宿过的痕迹。大像身上有许多大大小小的圆孔，当初都是镶嵌珠宝的，现在都挖空了；大像的眼珠都是用一种黑石磋光了嵌进去了，现在只有绝少数还存在了。诸窟中的小像，凡是砍得下的头颅，大概都被砍下偷卖掉了。佛力久已无灵，老百姓没有饭吃，要借诸佛的头颅和眼珠子卖几块钱来活命，还不是很正当的吗？

日本人佐藤孝任曾在云岗住了一个月，写了一部《云岗大石窟》（华北正报社出版），记载此地许多石窟的情形很详细，附图很多，有不能照像的，往往用笔速写勾摹，所以是一部很有用的云岗游览参考书。佐藤把云岗分作三大区：

东方四大窟

中央十大窟（在围墙内）

西方九大窟

西端诸小窟

东方诸窟散在武州河岸，我们都没有去游。西端诸窟，我们也不曾去。我们看的是中央十窟和西方九窟。我们平日在地理书或游览书上最常见的露天大佛（高五丈多），即在西方的第九窟。我们看这露天石佛和他的背座，可以想象此大像当日也曾有龛有寺，寺是毁了，龛是被风雨侵蚀过甚（此窟最当北风，故受侵蚀最大），也坍塌了。

依我的笨见看来，此间的大佛都不过是大的可惊异而已，很少艺术的意味。最有艺术价值是壁上的浮雕，小龛的神像，技术是比较自由的，所以创作的成分往往多于模仿的成分。

中央诸窟，因为大部分曾经后人装金涂彩，多不容易看出原来的雕刻艺术。西方诸窟多没有重装重涂，又往往受风雨的侵蚀，把原来的斧凿痕都销去了，所以往往格外圆润老拙的可爱。此山的岩石是砂岩，最容易受风蚀；我们往往看见整块的几丈高岩上成千的小佛像都被磨蚀到仅仅存一些浅痕了。有许多浮雕连浅痕也没有了，我们只能从他们旁边雕刻的布置，推想当年的痕迹而已。

因此我们得两种推论：第一，云岗诸石窟是一千五百年前的佛教美术的一个重要中心，从宗教史和艺术史的立场，都是应该保存的。一千五百年中，天然的风蚀，人工的毁坏，都已糟蹋了不少了。国家应该注意到这一个古雕刻的大结集，应该设法保护它，不但要防人工的继续偷毁，还要设法使它可以避免风雨沙日的侵蚀。

第二，我们可以作一个历史的推论。初唐的道宣在《昙曜传》里说到武州山的石窟寺，有“碑碣见存”的一句话。何以今日云岗诸窟竟差不多没有碑记可寻呢？何以古来记录山西金石的书（如胡聘之的《山右石刻丛编》）都不曾收有云岗的碑志呢？我们可以推想，当日的造像碑碣，刻在沙岩之上，凡露在风日侵蚀之下的，都被自然磨灭了。碑碣刻字都不很深，浮雕的佛像尚且被风蚀了，何况浅刻的碑字呢？

马叔平先生说，云岗现存三处古碑碣。我只见一处。郑振铎先生记载着“大茹茹”刻石，可辨认的约有二十字，此碑我未见。其余一碑，似乎郑先生也未见。我见的一碑在佐藤的书中所谓“中央第七窟”的石壁很高处，此壁在里层，不易被风蚀，故全碑约三百五十字，大致都还可读。此碑首行有“邑师法宗”四字，似乎是撰文的人。文中说：

> 太和七年（四八三）岁在癸亥八月三十日邑□信士女等五十四人……遭值圣主，道教天下，绍隆三宝，……乃使长夜改昏，久寝斯悟。弟子等……意欲仰酬洪泽，……是以共相劝合，为国兴福，敬造石厝形象九十五区，及诸菩萨。

造像碑文中说造形像九十五区，证以龙门造像碑记，“区”字后来多作“躯”字，此指九十五座小像，“及诸菩萨”乃是大像。此碑可见当日帝后王公出大财力造此大石窟，还有不少私家的努力；如此一窟乃是五十四个私人的功力，可以想见当日信力之强，发愿之弘大了。

云岗旧属朔平府左云县。关于石窟的记载，《山西通志》（雍正间觉罗石麟修）与《朔平府志》都说：

石窟十寺，……后魏建，始神瑞（四一四至四一五），终正光（五二〇至五二四），历百年而工始竣。其寺一同升，二灵光，三镇国，四护国，五崇福，六童子，七能仁，八华严，九天宫，十兜率。孝文帝亟游幸焉。内有元时石佛二十龛。（末句《嘉庆一统志》，作“内有元载所修石佛十二龛”。元载是唐时宰相。《一统志》似有所据，《通志》和《府志》似是妄改的。）

神瑞是在太武帝毁佛法之前，而正光远在迁都洛阳之后。旧志所记，当有所本。大概在昙曜以前，早已有人依山岩凿石龛刻佛像了。毁法之事（四四六至四五一）使一般佛教徒感觉到政治权力可以护法，也可以根本铲除佛法。昙曜大概从武州塞原有的石龛得着一个大暗示，他就发大愿心，要在那坚固的沙岩之上，凿出大石窟，雕出绝大的佛像，要使这些大石窟和大石像永远为政治势力所不能摧毁。《魏书·释老志》记此事的年月不很清楚，大概他干这件绝大工程当在他做“沙门统”的任内。《释老志》记他代师贤为“沙门统”，在和平初年（约四六〇），后文又记尚书令高肇引“故沙门统昙曜昔于承明元年（四七六）奏”，可知昙曜的“沙门统”做了十七八年。这是国家统辖佛教徒的最高官。他又能实行一种大规模的筹款政策（见《释老志》），所以他能充分用国家和全国佛教徒的财力来“凿山石壁，开窟五所，镌造佛像各一，高者七十尺，次六十尺，雕饰奇伟，冠于一世”。我们可以说，云岗的石窟虽起源在五世纪初期，但伟大的规模实创始于五世纪中叶以后昙曜作沙门统的时代。后来虽然迁都了，代都的石刻工程还继续到六世纪的初期，而洛都的皇室与佛教徒又在新京的伊阙山“准代京灵岩寺石窟”开凿更伟大的龙门石窟了（龙门石窟开始于景明初，当西历五百年，至隋唐尚未歇）。故昙曜不但是云岗石窟的设计者，也可以说是伊阙石窟的间接设计者了。

昙曜凿石作大佛像，要使佛教和岩石有同样的坚久，永久不受政治势力的毁坏。这个志愿是很可钦敬的。只可惜人们的愚昧和狂热都不能和岩石一样的坚久！时势变了，愚昧渐渐被理智风蚀了，狂热也渐渐变冷静了。岩石凿的六丈大佛依然挺立在风沙里，而佛教早已不用“三武一宗”的摧残而自己毁灭了，销散了。云岗伊阙只够增加我们吊古的感喟，使我们感叹古人之愚昧与狂热真不可及而已！

二十四，七，二十八夜。

山居杂缀

□ 戴望舒

山　风

窗外，隔着夜的帡幪，迷茫的山岚大概已把整个峰峦笼罩住了吧。冷冷的风从山上吹下来，带着潮湿，带着太阳的气味，或是带着几点从山涧中飞溅出来的水，来叩我的玻璃窗了。

敬礼啊，山风！我敞开窗门欢迎你，我敞开衣襟欢迎你。

抚过云的边缘，抚过崖边的小花，抚过有野兽躺过的岩石，抚过缄默的泥土，抚过歌唱的泉流，你现在来轻轻地抚我了。

说啊，山风，你是否从我胸头感到了云的飘忽，花的寂寥，岩石的坚实，泥土的沉郁，泉流的活泼？你会不会说：这是一个奇异的生物！

雨

雨停止了，檐溜还是叮叮地响着，给梦拍着柔和的拍子，好像在江南的一只乌篷船中一样。“春水碧如天，画船听雨眠”，韦庄的词句又浮到脑中来了。奇迹也许突然发生了吧，也许我已被魔法移到苕溪或是西湖的小船中了吧……

然而突然，香港的倾盆大雨又降下来了。

树

路上的列树已斩伐尽了，疏疏朗朗地残留着可怜的树根。路显得宽阔了一点，短了一点，天和人的距离似乎更接近了。太阳直射到头顶上，雨直淋到身上……是的，我们需要阳光，但是我们也需要阴荫啊！早晨鸟雀的啁啾声没有了，傍晚舒徐的散步没有了。空虚的路，寂寞的路！

离门前不远的地方，本来有一棵合欢树，去年秋天，我也还采过那长长的荚果给我的女儿玩的。它曾经娉婷地站立在那里，高高地张开它的青翠的华盖一般的叶子，寄托了我们的梦想，又给我们以清阴。而现在，我们却只能在虚空之中，在浮着云片的碧空的背景上，徒然地描画它的青翠之姿了。像现在这样的夏天的早晨，它的鲜绿的叶子和火红照眼的花，会给我们怎样的一种清新之感啊！它的浓荫之中藏着雏鸟小小的啼声，会给我们怎样的一种喜悦啊！想想吧，它的消失对于我们是怎样地可悲啊！

抱着幼小的孩子，我又走到那棵合欢树的树根边来了。锯痕已由淡黄变成黝黑了，然而年轮却还是清清楚楚的，并没有给苔藓或是芝菌侵蚀去。我无聊地数着这一圈圈的年轮，四十二圈！正是我的年龄。它和我度过了同样的岁月，这可怜的合欢树！

树啊，谁更不幸一点，是你呢，还是我？

失去的园子

跋涉的罣虑使我失去了眼界的辽阔和余暇的寄托。我的意思是说，自从我怕走漫漫的长途而移居到这中区的最高一条街以来，我便不再能天天望见大海，不再拥有一个小圃了。屋子后面是高楼，前面是更高的山；门临街路，一点隙地也没有。从此，我便对山面壁而居，而最使我怅惘的，特别是旧居中的那一片小小的园子，那一片由我亲手拓荒，耕耘，施肥，播种，灌溉，收获过的贫瘠的土地。那园子临着海，四周是苍翠的松树，每当耕倦了，抛下锄头，坐到松树下面去，迎着从远处渔帆上吹来的风，望着辽阔的海，就已经使人心醉了。何况它又按着季节，给我们以意外丰富的收获呢？

可是搬到这里来以后，一切都改变了。载在火车上和书籍一同搬来的耕具：锄头，铁耙，铲子，尖锄，除草耙，移植铲，灌溉壶等等，都冷落地被抛弃在天台上，而且生了锈。这些可怜的东西！它们应该像我一样地寂寞吧。

好像是本能地，我不时想着："现在是种番茄的时候了"，或是"现在玉蜀黍可以收获了"，或是"要是我能从家乡弄到一点蚕豆种就好了！"我把这种思想告诉了妻，于是她就提议说："我们要不要像邻居那样，叫人挑泥到天台上去，在那里辟一个园地？"可是我立刻反对，因为天台是那么小，而且阳光也那么少，给四面的高楼遮住了。于是这计划打消了，而旧园的梦想却仍旧继续着。

大概看到我常常为这样思想困恼着吧，妻在偷偷地活动着。于是，有一天，她高高兴兴地来对我说了："你可以有一个真正的园子了。你不看见我们对邻有一片空地吗？他们人少，种不了许多地，我已和他们商量好，划一部分地给我们种，水也很方便。现在，你说什么时候开始吧。"

她一定以为会给我一个意外的喜悦的，可是我却含糊地应着，心里想："那不是我的园地，我要我自己的园地。"可是，为了要不使妻太难堪，我期期地回答她："你不是劝我不要太疲劳吗？你的话是对的，我需要休息。我们把这种地的计划打消了吧。"

香港的旧书市

□ 戴望舒

这里有生意经，也有神话。

香港人对于书的估价，往往是会使外方人吃惊的。明清善本书可以论斤称，而一部极平常的书却会被人视为稀世之珍。一位朋友告诉我，他的亲戚珍藏着一部《中华民国邮政地图》，待价而沽，须港币五千元（合国币四百万元）方肯出让。这等奇闻，恐怕只有在那个小岛上听得到吧。版本自然更谈不到，"明版康熙字典"一类的笑谈，在那里也是家常便饭了。

这样的一个地方，旧书市的性质自然和北平、上海、苏州、杭州、南京等地不同。不但是规模的大小而已，就连收买的方式和售出的对象，也都有很大的差别。那里卖旧书的仅是一些变相的地摊，沿街靠壁钉一两个木板架子，搭一个避风雨的遮棚，如此而已。收书是论斤断秤的，道林纸和报纸印的书每斤出价约港币一二毫，而全张报纸的价钱却反而高一倍；有硬面书皮的洋装书更便宜一点，因为纸板“重秤”，中国纸的线装书，出到一毫一斤就是最高的价钱了。他们比较肯出价钱的倒是学校用的教科书，簿记学书，研究养鸡养兔的书等等，因为要这些书的人是非购不可的，所以他们也就肯以高价收入了。其次是医科和工科用书，为的是转运内地可以卖很高的价钱。此外便剩下“杂书”，只得卖给那些不大肯出钱的他们所谓“藏家”和“睇家”了。他们最大的主顾是小贩。这并不是说香港小贩最深知读书之“实惠”的人，在他们是无足重轻的。

旧书摊最多的是皇后大道中央戏院附近的楼梯街，现在共有五个摊子。从大道拾级上去，左手第一家是“龄记”，管摊的是一个十余岁的孩子（他父亲则在下面一点公厕旁边摆废纸摊），年纪最小，却懂得许多事。著《相对论》的是爱因斯坦，歌德是德国大文豪，他都头头是道。日寇占领香港后，这摊子收到了大批德日文学书，现在已卖得一本也不剩，又经过了一次失窃，现在已没有什么好东西了。隔壁是“焯记”，摊主是一个老是有礼貌的中年人，专卖中国铅印书，价钱可不便宜，不看也没有什么关系。他对面是“季记”，管摊的是姐妹二人。到底是女人，收书卖书都差点功夫。虽则有时能看顾客的眼色和态度见风使舵，可是索价总嫌“离谱”（粤语不合分寸）一点。从前还有一些《四部丛刊》零本，现在却单靠卖教科书和字帖了。“季记”隔壁本来还有“江培记”，因为生意不好，已把存货称给鸭巴甸街的“黄沛记”，摊位也顶给卖旧铜烂铁的了。上去一点，在摩罗街口，是“德信书店”，虽号称书店，却仍旧还是一个摊子。主持人是一对少年夫妇，书相当多，可是也相当贵。他以为是好书，就一分钱也不让价，反之，没有被他注意的书，讨价之廉竟会使人不相信。“格吕尼”版的波德莱尔的《恶之华》和韩波的《作品集》，两册只讨港币一元，希米忒的《莎士比亚字典》会论斤称给你，这等事在我们看来，差不多有点近乎神话了。“德信书店”隔壁是“华记”。虽则摊号仍是“华记”，老板却已换过了。原来的老板是一家父母兄弟四人，在沦陷期中旧书全盛时代，他们在楼梯街竟拥有两个摊子之多。一个是现在这老地方，一个是在“焯记”隔壁，现在已变成旧衣摊了。因为来路稀少，顾客不多，他们便把滞销的书盘给了现在的管摊人，带着好销一些的书到广州去开店了，听说生意还不错呢。现在的“华记”已不如从前远甚，可是因为地利的关系（因为这是这条街第一个摊子，经荷里活道拿下旧书来卖的，第一先经过他的手，好的便宜的，他有选择的优先权），有时还有一点好东西。

在楼梯街，当你走到了“华记”的时候，书市便到了尽头。那时你便向左转，沿着荷里活道走两三百步，于是你便走到鸭巴甸街口。

鸭巴甸街的书摊名声还远不及楼梯街的大，规模也比较小一点，书类也比较新一点。可是那里的书，一般地说来，是比较便宜点。下坡左首第一家是“黄沛记”，摊主是世业旧书的，所以对于木版书的知识，是比其余的丰富得多，可是对于西文书，就十分外行了。在各摊中，这是取价最廉的一个。他抱着薄利多销主义，所以虽在米珠薪桂的时期，虽则有八口之家，他还是每餐可以饮二两双蒸酒。可是近来他的摊子上也没有什么书，只剩下大批无人过问的日文书，和往日收下来的瓷器古董了。“黄沛记”对面是“董莹光”，也是鸭巴甸街的一个老土地。可是人们却称呼他为“大光灯”。大光灯意思就是煤油打气灯。因为战前这个摊子除了卖旧书以外还出租煤油打气灯。那些“大光灯”现在已不存在了，而这雅号却留了下来。“大光灯”的书本来是不贵的，可是近来的索价却大大地“离谱”。据内中人说，因为有几次随便开了大价，居然有人照付了，他卖出味道来，以后就一味地上天讨价了。从“董莹光”走下几步，开在一个店铺中的，是“萧建英”。如果你说他是书摊，他一定会跳起来，因为在楼梯街和鸭巴甸街这两条街上，他是唯一有店铺的——虽则是极其简陋的店铺。管店的是兄弟二人。那做哥哥的人称之为“高佬”，因为又高又瘦。他从前是送行情单的，路头很熟，现在也差不多整天不在店，却四面奔走着收书。实际上在做生意的是他的十四五岁的弟弟。虽则还是一个孩子，做生意的本领却比哥哥更好，抓定了一个价钱之后，你就莫想他让一步。所以你想便宜一点，还是和“高佬”相商。因为“高佬”收得勤，书摊是常常有新书的。可是，近几月以来，因为来源涸绝，不得不把店面的一半分租给另一个专卖翻版书的摊子了。

在现在的“萧建英”斜对面，战前还有一家“民生书店”，是香港唯一专卖线装古书的书店，而且还代顾客装潢书籍号书根。工作不能算顶好，可是在香港却是独一无二的。不幸在香港沦陷后就关了门，现在，如果在香港想补裱古书，除了送到广州去以外就毫无办法了。

鸭巴甸街的书摊尽于此矣，香港的书市也就到了尽头了。此外，东碎西碎还有几家书摊，如中环街市旁以卖废纸为主的一家，西营盘兼卖教科书的“肥林”，跑马地黄泥甬道以租书为主的一家，可是绝少有可买的书，奉劝不必劳驾。再等而下之，那就是禧利街晚间的地道的地摊子了。

都德的一个故居

□ 戴望舒

凡是读过阿尔封思·都德（Alphonse Daudet）的那些使人心醉的短篇小说和《小物件》的人，大概总记得他记叙儿时在里昂的生活的那几页吧。（按：《小物件》原名*Le Petit Chose*，觉得还是译作《小东西》妥当。）

都德的家乡本来是尼麦，因为他父亲做生意失败了，才举家迁移到里昂去。他们之所以选了里昂，无疑因为它是法国第二大名城，对于重兴家业是很有希望的。所以，在一八四九年，那父亲万桑·都德（Vincent Daudet）便带着他的一家子，那就是说他的妻子，他的三个儿子，他的女儿阿娜，和那就是没有工钱也愿意跟着老东家的忠心的女仆阿奴，从尼麦搭船顺着罗纳河来到了里昂。这段路竟走了三天。在《小物件》中，我们可以看见他们到里昂时的情景。

在第三天傍晚，我以为我们要淋一阵雨了。天突然阴暗起来，一片浓浓的雾在河上飘舞着。在船头上，已点起了一盏大灯，真的：看到这些兆头，我着急起来了……在这个时候，有人在我旁边说："里昂到了！"同时，那个大钟敲了起来。这就是里昂。

里昂是多雾出名的，一年四季晴朗的日子少，阴霾的日子多，尤其是入冬以后，差不多就终日在黑沉沉的冷雾里度生活，一开窗雾就望屋子里扑，一出门雾就朝鼻子里钻，使人好像要窒息似的。在《小物件》里，我们可以看到都德这样说：

我记得那罩着一层烟煤的天，从两条河上升起来的一片永恒的雾。天并不下雨，它下着雾，而在一种软软的氛围气中，墙壁淌着眼泪，地上出着水，楼梯的扶手摸上去发黏。居民的神色，态度，语言，都觉得空气潮湿的意味。

一到了这个雾城之后，都德一家就住到拉封路去。这是一条狭小的路，离罗纳河不远，就在市政厅西面。我曾经花了不少的时间去找，问别人也不知道，说出是都德的故居也摇头。

谁知竟是一条阴暗的陋巷，还是自己瞎撞撞到的。

那是一排很俗气的屋子，因为街道狭的原故，里面暗是不用说，路是石块铺的，高低不平，加之里昂那种天气，晴天也像下雨，一步一滑，走起来很吃劲。找到了那个门口，以为会柳暗花明又一村，却仍然是那股俗气：一扇死板板的门，虚掩着，窗子上倒加了铁栅，黝黑的墙壁淌着泪水，像都德所说的一样，伸出手去摸门，居然是发黏的。这就是都德的一个故居！而他们竟在这里住了三年。

这就是《小物件》里所说的“偷油婆婆”（Babarotte）的屋子。所谓“偷油婆婆”者，是一种跟蟑螂类似的虫，大概出现在厨房里，而在这所屋里它们四处地爬。我们看都德怎样说吧：

> 在拉封路的那所屋子里，当那女仆阿奴安顿到她的厨房里的时候，一跨进门槛就发了一声急喊：“偷油婆婆！偷油婆！”我们赶过去。怎样的一种光景啊！厨房里满是那些坏虫子。在碗橱上，墙上，抽屉里，在壁炉架上，在食橱上，什么地方都有！我们不存心地踏死它们。噗！阿奴已经弄死了许多只了，可是她越是弄死它们，它们越是来。它们从洗碟盆的洞里来。我们把洞塞住了，可是第二天早上，它们又从别一个地方来了……

而现在这个“偷油婆婆”的屋子就在我面前了。

在这“偷油婆婆”的屋子里，都德一家六口，再加上一个女仆阿奴，从一八四九年一直住到一八五一年。在一八五一年的户口调查表上，我们看到都德的家况：

> 万桑·都德，业布匹印花，四十三岁；阿黛琳·雷诺，都德妻，四十四岁；曷奈思特·都德，学生，十四岁；阿尔封思·都德，学生，十一岁；阿娜·都德，幼女，三岁；昂利·都德，学生，十九岁。

昂利是要做教士的，他不久就到阿里克斯的神学校读书去了。他是早年就夭折了的。在《小物件》中，你们大概总还记得写这神学校生徒的死的那动人的一章吧：“他死了，替他祷告吧。”

在那张户口调查表上，在都德家属以外，还有这那么怕“偷油婆婆”的女仆阿奴：“阿奈特·特兰盖，女仆，三十三岁。”

万桑·都德便在拉封路上又重理起他的旧业来，可是生活却很困难，不得不节衣缩食，用尽方法减省。阿尔封思被送到圣别尔代戴罗的唱歌学校去，曷奈思特在里昂中学里读书，不久阿尔封思也改进了这个学校。后来阿尔封思得到了奖学金，读得毕业，而那做哥哥的曷奈思特，却不得不因为家境困难的关系，辍学去帮助父亲挣那一份家。关于这些，《小物件》中自然没有，可是在葛奈思特·都德的一本回忆记《我的弟弟和我》中，却记载得很详细。

现在，我是来到这消磨了那《磨坊文札》的作者一部分的童年的所谓“偷油婆婆”的屋子前面了。门是虚掩着。我轻轻地叩了两下，没有人答应。我退后一步，抬起头来，向靠街的楼窗望上去：窗闭着，我看见静静的窗帷，白色的和淡青色的。而在大门上面和二层楼的窗下，我又看到了一块石头的牌子，它告诉我这位那么优秀的作家曾在这儿住过，像我所知道的一样。我又走上前面叩门，这一次是重一点了，但还是没有人答应。我伫立着，等待什么人出来。

我听到里面有轻微的脚步声慢慢地近来，一直到我的面前。虚掩着的门开了，但只是一半；从那里，探出了一个老妇人的皱瘪的脸儿来，先把我从头到脚打量了一番：

“先生，你找谁？”她然后这样问。

我告诉她我并不找什么人，却是想来参观一下一位小说家的旧居。那位小说家就是阿尔封思·都德，在八十多年前，曾在这里的四层楼上住过。

“什么，你来看一位在八十多年前住在这儿的人！”她怀疑地望着我。

“我的意思是说想看看这位小说家住过的地方。譬如说你老人家从前住在一个什么城里，现在经过这个城，去看看你从前住过的地方怎样了。我呢，我读过这位小说家的书，知道他在这里住过，顺便来看看，就是这个意思。”

“你说哪一个小说家？”

“阿尔封思·都德。”我说。

“不知道。你说他从前住在这里的四层楼上？”

“正是，我可以去看看吗？”

“这办不到，先生，”她断然地说，“那里有人住着，是盖奈先生。再说你也看不到什么，那是很普通的几间屋子。”

而正当我要开口的时候，她又打量了我一眼，说：

“对不起，先生，再见。”就缩进头去，把门关上了。

我踌躇了一会儿，又摸了一下发黏的门，望了一眼门顶上的石牌，想着里昂人的纪念这位大小说家只有这一片顽石，不觉有点怅惘，打算走了。

可是在这时候，天突然阴暗起来，我急速向南靠罗纳河那面走出这条路去：天并不下雨，它又在那里下雾了，而在罗纳河上，我看见一片浓浓的雾飘舞着，像在一八四九年那幼小的阿尔封思·都德初到里昂的时候一样。

松花江上

□ 王统照

两条名字异常美丽，且富有诗意的江水，偏在东北。我们想起鸭绿就会联想到日人的耀武，想起松花就有俄人的暗影。风景的幽清，自来是战血洗涤成的，人类原不容易有真正的爱美的思想，那只是超乎是非利害无关心的一时的兴趣的冲发，及至将他们的兽性尽情发散的时候，哪里还管什么风景、文化。左手执经，右手执剑的办法，这还是古代人的憧憬生活，现代呢，一方将理想、美化、人道等一大串的好名词蒙蔽了世人的耳目，摇动了一般傻哥的痴心，实在呢，野心家们却只知飞机、战炮、毒气去毁灭一切，摧残一切，为他们的人民，为自身的功勋，都似言之成理。然而是人类的凶残欲的露骨的挥发，揭开伪善的假面具，我们将看见这些东西的牙齿锐利与形象的狰狞。从前人说一部《廿四史》完全是一部相斫书，人类的全历史呢，物与物相竞，说是利用弱肉强食的公例，人并不能比物类超出多少，人们在不自知中用此公例彼此相斫，所以到处是血洗的山河！

偶然来到这北方之上海东方之莫斯科的滨江；偶然在这四月中的晴和天气在松花江畔流连，看着那一江粼粼的春水与横亘江面的三千二百尺的铁桥，水上拍浮着的小木筏子，以及江岸上的烟突人语。我同王张两君立在几个洗衣妇女的旁边，岸上的短衣沾土的中国苦力，破褴，无聊，仿佛到处寻觅什么似的白俄，与偶而经过的日本人，搀杂的言语与奇异的行动，点缀着这江面的繁华。我们几次想乘小火轮到江对面的太阳岛去看看那边的海水浴场，与俄人的生活，江流迅急，当中有一段漩流，虽然坐了小木筏也一样过得去，大家却都不肯冒险。问了几次小火轮又没有过江去的。末后我们只好雇了一只木筏放乎中流。究竟没有渡过江去。在江边停着许多中国的小轮都是松花江下游各县去的，正如长江边的扬州班芜湖班一样。其实松花江的水比著名的扬子清丽得多，或者两岸小沙土的缘故，也许是船行较少不挟着很多的泥沙。当此初春，四望微见嫩黄的柳枝与淡碧的小草，在这“北国”中点缀出不少的生趣。

这条铁桥虽没有黄河铁桥长，然而背景太好，不是茫茫的土岸童山，这里是繁盛街市之一角的突影。由许多雄伟建筑物迤逦着下拢来的清江，像一段碧玉横卧在深灰淡红色的旧时的绮罗层中，古雅中不失其鲜艳。而且因为地带上富有国际趣味的关系，容易使人联想到旧的残灭与新的发展。从这边溯上或沿流而下可以浏览这“北国”最美丽的沿岸的风物。

以这里特有的气候与特有的自然风物，以及近代的都市文化之发展，与俄罗斯的气氛之浓重，形成一种异常的氛围。我在江中的筏子上感到轻盈也感到雄壮，比起在柔丽的西子湖边荡舟的心情来迥然不同。人所可贵的是联想，而联想乃由环境的不同刺激而成，为各别的异样。是在“北国”的松花江上，这里没有黄河两岸的风沙，童山，土室，也不像扬子江两岸的碧草杂树与菜圃，农家。然而近代生活的显映在岸上的建筑物与人民的服装中可以看得出。再往远处去，塞外的居民，雄奇的山岭，浩荡与奇突雄壮的景象，是有它自己的面目的。

初暖的春阳，微吻着北国的晴波，
黧面筏手高唱着北满的歌相和。
远来，远来，浮动着现代都市的嘈音，
飘过，在活舞着双臂的劳人心中起落。
包头跣足彳亍着过去异国的流亡者，
他是愤怒，惭悔，希冀对望着旧的山河！
诗的趣味，画的搜求，在这里一切付于寥阔，
沉着——烘露出，吟啸出这铁的力量的连索。

绿荫下的杂记

□ 王统照

悲哀有时能给予人快感，而且相似将清凉的淡水给予孤泛重洋颠顿风浪中人作慰渴的饮料。凡人经过一度的深重，难以遗忘，难以恢复的悲哀，将必尝试到这种意味。类此事实及情绪上的描写，在文学作品中，不可数计；且多为极佳而感人的题材。拜伦之诗曰：

于是欺骗对我而喝采！
虽已侦察出。却仍是欢迎着，
然经过每种险难在人群的居中独余剩下我呵！

在悲哀以后中的感觉，虽花不能增其美，虽月不能助以清思，一切的自然，都成了低沉幽微的触感。但亦惟有此，而后方能对于人生的幻谜有彻底的了悟，从不幸的经验中，可以有种新鲜的感发，对花不仅知其美，对月不仅能感其清，而且分外有更深沉更切重的反悟。悲哀所以损人者在此，所以助人者亦或在此。

我在最近期中，曾得到一位朋友的长信，她有剧烈之悲哀的打击，令人不能思议得到，但我在此为友谊不能为之宣布。她的来信在笺末的几句话是：

> 现在孤独漂泊的我，本可以重过N埠，不过孤独而凄凉的长途行程，使我望而生畏。下学期或仍至S. M.学校教书。我在此大概还有二十余日得勾留，这是因为我身体的缘故。
>
> 我现在对于一切无所希望，亦无所畏惧。我很了解我的命运，只配做一个孤独的漂泊者，因为我已对我的命运反抗过，结果却愈凄凉。
>
> 我很希望我成一个健忘者，忘去我过去的一切，不然，我的生命实无法延长……（下略）

这内中已含了无尽的悲哀的经验，但她也在同时得到无尽的教益了。

古　刹

——姑苏游痕之一

□ 王统照

离开沧浪亭，穿过几条小街，我的皮鞋踏在小圆石子碎砌的铺道上总觉得不适意；苏州城内只宜于穿软底鞋或草履，硬邦邦的鞋底踏上去不但脚趾生痛，而且也感到心理上的不调和。

阴沉沉的天气又像要落雨。沧浪亭外的弯腰垂柳与别的杂树交织成一层浓绿色的柔幕，已仿佛到了盛夏。可是水池中的小荷叶还没露面。石桥上有几个坐谈的黄包车夫并不忙于找顾客，消闲地数着水上的游鱼。一路走去我念念不忘《浮生六记》里沈三白夫妇夜深偷游此亭的风味，对于曾在这儿做“名山”文章的苏子美反而澹然。现在这幽静的园亭到深夜是不许人去了，里面有一所美术专门学校。固然荒园利用，而使这名胜地与“美术”两字牵合在一起也可使游人有一点点淡漠的好感，然而苏州不少大园子一定找到这儿设学校；各室里高悬着整整齐齐的画片、摄影、手工作品，出出进进的是穿制服的学生，即使不煞风景，而游人可也不能随意留连。

在这残春时，那土山的亭子旁边，一树碧桃还缀着淡红的繁英，花瓣静静地贴在泥苔湿润的土石上。园子太空阔了，外来的游客极少。在另一院落中两株山茶花快落尽了，宛转的鸟音从叶子中间送出来，我离开时回望了几次。

陶君导引我到了城东南角上的孔庙，从颓垣的入口处走进去。绿树丛中我们只遇见一个担粪便桶的挑夫。庙外是一大个毁坏的园子，地上满种着青菜，一条小路逶迤地通到庙门首，这真是“荒墟”了。

石碑半卧在剥落了颜色的红墙根下，大字深刻的甚么训戒话也满长了苔藓。进去，不像森林，也不像花园，滋生的碧草与这城里少见的柏树，一道石桥得当心脚步！又一重门，是直走向大成殿的，关起来，我们便从旁边先贤祠、名宦祠的侧门穿过。破门上贴着一张告示，意思是崇奉孔子圣地，不得到此损毁东西，与禁止看守的庙役赁与杂人住居等话（记不清了，大意如此）。披着杂草，树枝，又进一重门，到了两庑，木栅栏都没了，空洞的廊下只有鸟粪，土藓。正殿上的朱门半阖，我刚刚迈进一只脚，一股臭味闷住呼吸，后面的陶君急急地道：

“不要进去，里面的蝙蝠太多了，气味难闻得很！”

果然，一阵拍拍的飞声，梁栋上有许多小灰色动物在阴暗中自营生活。木龛里，“至圣先师”的神位孤独地在大殿正中享受这霉湿的气息。好大的殿堂，此外一无所有。石阶上，蚂蚁、小虫在鸟粪堆中跑来跑去，细草由砖缝中向上生长，两行古柏苍干皴皮，沉默地对立。

立在圮颓的庑下，想象多少年来，每逢丁祭的时日，跻跻跄跄，拜跪，鞠躬，老少先生们都戴上一份严重的面具。听着仿古音乐的奏弄，宗教仪式的宰牲，和血，燃起干枝“庭燎”。他们总想由这点崇敬，由这点祈求：国泰，民安。……至于士大夫幻梦的追逐，香烟中似开着“朱紫贵”的花朵。虽然土、草、木、石的简单音响仿佛真的是“金声玉振”。也许因此他们会有一点点“前不见古人后不见来者”的想法？但现在呢？不管怎样在倡导尊孔读经，只就这偌大古旧的城圈中“至圣先师”的庙殿看来，荒烟，蔓草，真变做“空山古刹”。偶来的游人对于这阔大而荒凉破败的建筑物有何感动？

何况所谓苏州向来是士大夫的出产地，明末的党社人物，与清代的状元、宰相，固有多少不同，然而属于尊孔读经的主流却是一样，现在呢？……仕宦阶级与田主身份同做了时代的没落者？

所以巍峨的孔庙变成了“空山古刹”并不希奇，你任管到那个城中看看，差不了多少。

虽然尊孔，读经，还在口舌中、文字上叫得响亮，写得分明。

我们从西面又转到甚么范公祠、白公祠，那些没了门扇缺了窗棂的矮屋子旁边，看见几个工人正在葺补塌落的外垣。这不是大规模科学化的建造摩天楼，小孩子慢步挑着砖、灰，年老人吸着旱烟筒，那态度与工作的疏散，正与剥落得不像红色的泥污墙的颜色相调合。

我们在大门外的草丛中立了一会，很悦耳地也还有几声鸟鸣，微微丝雨洒到身上，颇感到春寒的料峭。

雨中，我们离开了这所“古刹”。

一九三六年四月末旬。